미개봉박스

신해욱

미개봉박두

ⓒ 신해욱, 2025

초판 1쇄 발행 2025년 11월 28일

지은이 신해욱 | 편집 이아립, 이민희 | 디자인 픽션들 | 인쇄 크레인
펴낸곳 픽션들 | 펴낸이 이영주 | 전화 070-4647-2432 | 팩스 02-6305-0402
인스타그램 instagram.com/fictiondle | 전자우편 fictiondle@gmail.com
isbn 979-11-983307-4-1 03810

이 책의 판권은 지은이와 픽션들 출판사에 있습니다.
양측의 서면 동의 없는 무단 전재 및 복제를 금합니다.

미개봉박두

fic
tion
dle

가능한 삶을, 경험하지 않고 표현할 수밖에 없는 건,
그걸 살아내면 사람은 이미 달라져버리기 때문입니다.
불가능을 창조할 수밖에 없어요.*

−장-뤽 고다르

* 마르그리트 뒤라스, 장-뤽 고다르, 『뒤라스×고다르 대화』, 신은실 옮김, 문학과지성사, 2022.

일러두기

책과 잡지는 『 』로, 문학 텍스트는 「 」로, 영화와 연극, 그림과 영상은 〈 〉로 묶었습니다.

국립국어원의 외래어 표기법을 따르되 관용적으로 널리 쓰이는 단어나 어감을 살려야 하는 경우 예외로 두었습니다.

차례

8	28	50	70	90	116
고요한 — 하하하하하	팀 버튼 — 인버네스 엘레지	백상희 — 도미와 상희	사공금주·사공은주 — 여고괴담 7: 도돌이표	라리사 타르코프스카야 — 완전한 마모의 돌 찾기 대회	추신

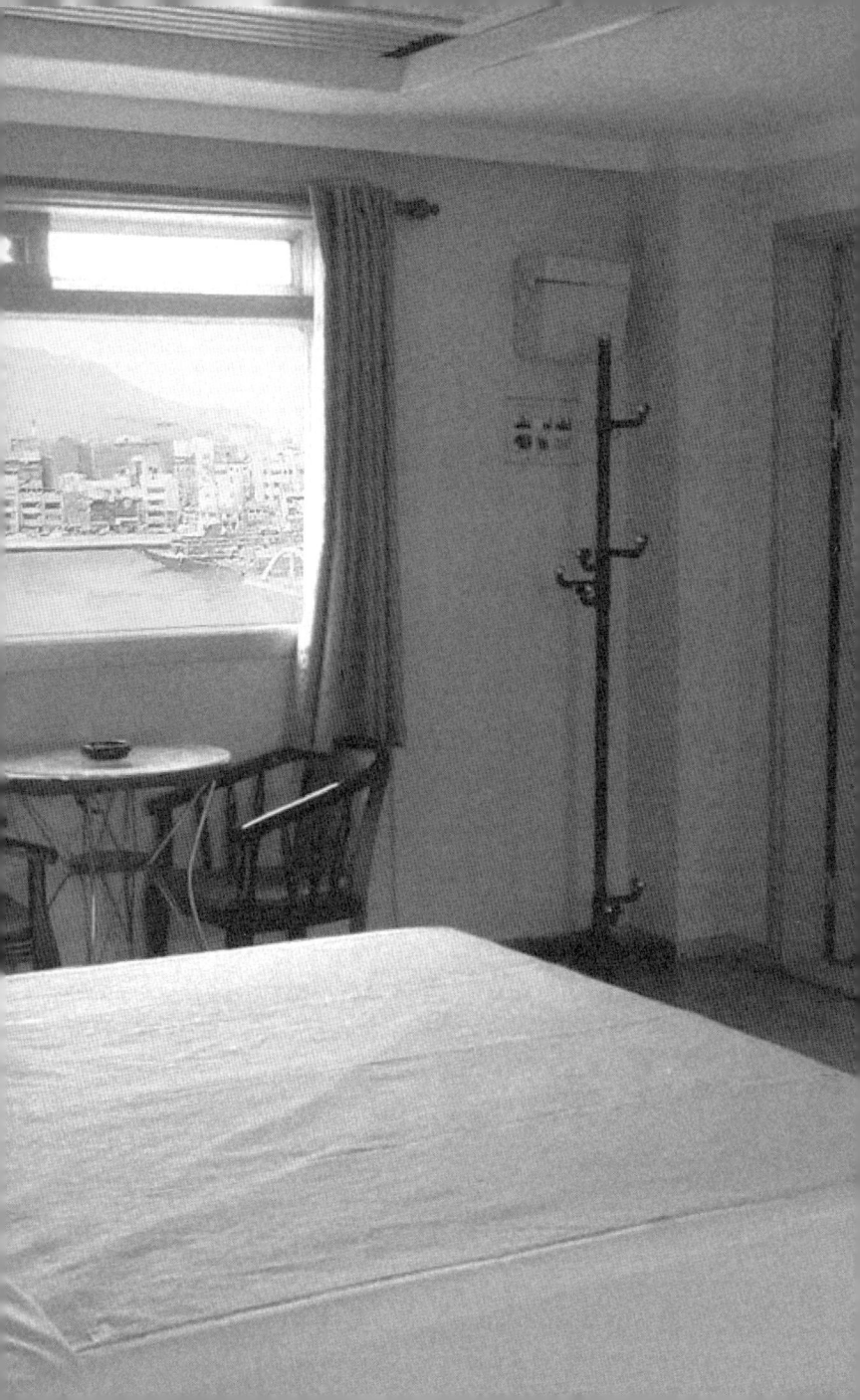

인트로덕션

고요한 | 2021

#1

"아 맞다. 그 영화 봐야겠다."

Y가 침대에 걸터앉아 리모콘을 들었다.

"〈하하하〉?"

K와 내가 동시에 물었다. 빙고. 그럴 만했다.

이곳은 통영의 나폴리호텔. 홍상수의 영화 〈하하하〉의 촬영지다. 영화에서는 모텔이었는데. 리모델링을 했네요? K가 체크인 수속을 하면서 마침 그 사실을 상기시켜 준 터였다.

Y는 왓챠에 로그인을 했다. K는 꼬깔콘 봉지를 뜯었다. 나는 맥주캔을 땄다. 좋아 좋아. 홍상수 영화는 안주로도 굿이죠. 새벽 2시가 넘은 시각이었다. 셋 다 긴 하루를 보냈는데도 자고 싶지 않았다.

그날 우리는 거제 동쪽 장승포에 위치한 작은 책방에서 행사를 치렀다. 새 앨범을 낸 K가 노래를 했고 Y와 나는 게스트로 함께하며 노래에 대한 이야기를 나눴다. 행사를 마친 후에는 근처 편의점의 노천 테이블에 둘러앉아 주전부리를 늘어놓고 노닥거렸다. 한낮 기온이 37도인가 38도까지 올라

간 폭염 절정의 8월이었다. 해가 지자 포구 근처 오래된 주택가의 가게들은 서둘러 영업을 마무리했다. 사위는 금세 어둡고 고요해졌다. 편의점마저 문을 닫자 Y가 휴대전화 전등 앱을 켜고 그 위에 페트병을 올려놓아 간단한 조명을 만들었다. 습하고 끈적하고 아름다운 밤. 보이지 않는 바다의 짠 내가 공기에 배어 있는 밤. 괴괴한 이야기도 괴괴하지 않게 술술 이어지는 장승포의 여름밤. p.s.1 자리를 정리해야 하는 것이 못내 아쉬웠다. 그러니까 우리는 그 길고 긴 뒤풀이의 뒤풀이가 필요한 것이었을지도 몰랐다.

"찾았다. 〈하하하〉는 아니고요."

Y는 흐뭇한 미소를 지으며 콘텐츠 소개 화면을 띄웠다.

하하하하하, K와 나는 이번엔 동시에 소리 내어 웃었는데, 그럴 수밖에 없는 것이, 화면에 뜬 영화 제목이 '하하하하하'였다.

"주인공들이 〈하하하〉를 보는 영화예요. 나폴리호텔에서."

"오호, 우리도 그럴 뻔했잖아요?"

"그러니까요."

"근데 그걸로 영화가 된다고?"

"그러게요."

Y가 재생 버튼을 눌렀다. 오프닝 타이틀이 나오는 동안 나는 검색창에 제목을 넣어보았다. 감독 고요한. 개봉일 2021년 8월 3일. 관객수 144명. 144명이라. 2021년이라면 코로나 시절이었으니 적다고 할 수는 없다……고는 차마 할 수 없겠고. OTT에 풀린 것이 용하다고 해야 하나.

-

성령의 친교가 여러분 모두와 함께. 또한 사제의 영과 함께. 영화는 성당에 늦게 들어서는 두 사람, 경수와 은수의 뒷모습으로 시작된다. 미사가 끝난 후 둘은 점심을 먹고 납골당에 다녀와 우연히 터미널 앞에서 친구 효진을 만나게 된다. 그리고 경수가 짐을 푼 나폴리호텔에 여차저차 셋이 함께 들어가, 여기가 영화 촬영지야. 그래? 응, 통영 살면서 그것도 몰랐어?…… 〈하하하〉를 틀어놓고 통영 얘기 사는 애기 옛날 얘기 영화 얘기 두서없이 수다를 떠는 내용이다.

Y는 한 1년 전쯤 앞부분을 조금 보았다고 했다. 침대에 누워 태블릿으로 목록을 훑다가 재생 버튼을 눌렀는데, 솔솔 잠이 오더라고요. 그래, 자야 되는데, 잘됐다, 수면제 영화구나, 그러고서 잠이 들었는데, 뭐야, 지금 보니까 재밌네요?

그랬다. 딱히 이렇다 할 사건이 있는 것도 아니고 캐릭터가 흥미롭거나 눈을 끄는 미장센이 있는 것도 아닌데 은근한 재미가 있었다. 감춰놓은 게 없는데도 화면의 바깥과 뒤쪽을 기웃거리도록 만드는 재미. 맹한 긴장이랄까.

일단은 경수와 은수의 관계. 둘은 유년을 함께 보낸 것 같긴 한데, 남매인가, 사촌인가, 친구인가. 아니면 전 연인? 고향 통영에 내려와 함께 미사를 보고 납골당에 간 건 '민수진 데레사'의 기일이기 때문이다. 죽은 엄마겠지 아마. 그런데 당연히 두 사람의 어머니일 거라 생각했던 이 사람을 경수는 이모라 부르고 은수는 아줌마라 부른다. 효진은 원장님이라 부른다. 이모로서 아줌마로서 원장님으로서 고인이 된 민수진 데레사 자매는 영화가 끝날 때까지 셋의 대화에 계속해서 호출된다. 그렇다고 해묵은 감정의 응어리나 유년의 끈끈한 비밀이 누설되는 건 아니다. 고인에 대한 진한 애정이 묻어 있지도 않다. 가볍게, 그러나 지속적으로, 숨길 생각이 없는 비밀로서, 스쳐 가기만 한다.

가령 이런 장면. 배우 예지원이 수박을 사 들고 오는 모습이 TV 화면에 뜬다. 그러자 은수가 코웃음을 치며 말한다. 야야야, 수박 한 통을? 둘이서 먹겠다고? 그것도 모텔에서? (〈하하하〉에서 나폴리모텔에 묵는 건 연인으로 나오는 예지원과 유준상이다). 효진은 그 말을 받아친다. 수박 한 통이 뭐? 원장님이랑 나도 앉은자리에서 한 통 다 먹은 적 있는데. 사 와볼까. 사 와봐. 경수는 진짜로 수박을 사러 나가고 오전에 미사를 집전했던 신부님을 길에서 마주친다. 자매님께는 잘 다녀오셨어요? 둘은 우물쭈물 예의 바르게 몇 마디를 나누다가 함께 과일가게 좌판 앞에 서서 수박을 두드리고 차차 말끝이 짧아지고 질풍노도의 청소년기로 이야기는 넘어가고 경수는 어느새 신부님을 형이라 부른다.

수박 먹고 싶다. 그 장면을 보면서 K가 말했다. 나도. Y가

맞장구를 쳤다. 〈하하하〉의 수박이 〈하하하하하〉로 넘어왔고 또 우리에게로 넘어왔다. 여름이었으니까. 영화 속에서도 창밖에서도 매미가 지글지글 울고 있었으니까. 낮의 더위가 선연히 떠올랐다. 불타는 녹색. 밝기와 열기를 최대치로 끌어올려 아스팔트와 산야를 두드려대던 햇빛. 통각을 자극하는 것만 같던 얼얼한 뜨거움. 경수와 신부님은 수박을 가운데에 두고 가게 앞 평상에 앉아 빙과를 하나씩 나눠 문다. 경수는 죠스바. 신부님은 붕어싸만코. 죠스바를 빨아 먹느라 푸르뎅뎅해진 입술로 경수는 신부님의 붕어싸만코를 가리킨다. 그거, 이모도 좋아했는데. 녹차맛으로.

-

〈하하하〉의 몇 장면을 두고 경수와 은수는 티격태격한다. 출판사 편집자이자 작가 지망생인 은수는 대체로 삐딱하다. 얼평에, 몸평에, 스토킹에, 무단 가택 침입까지…… 와, 경찰에 신고하고 싶다(시인으로 나오는 김강우가 씩씩거리며 문소리의 집 담장을 타 넘는 장면). 시청 문화예술과 공무원인 효진은 수박을 먹으며 키득거린다. 폼 잡는 시인에 찐따 영화감독, 웃기고 좋은데 왜? 영화사 직원인 경수는 은수가 못마땅해하는 장면들을 애써 두둔한다. 아이러니가 있잖아, 아이러니. 그러면서 아이러니에 대한 썰을 푸는데, 아이러니하게도 아이러니로 넘길 수 없는 '빻음'이 있다는 걸 수긍하는 표정과 목소리다. 영화 전체가 설정부터 스타일까지 홍상수의 영화에 대한 오마주(라기보다 덕질)에 가까우니 경수는 아마도 감독의 페르소나일 텐데, 그런 사실을 스스로 민망해하는 느낌?

"저 배우요, 우리를 의식하느라 버벅거리는 거 같지 않아요? 카메라를 의식하는 게 아니고요, 보는 사람, 그러니까 이렇게 영화를 보고 있는 우리를요."

K가 꼬깔콘 하나를 끼운 손가락으로 Y와 나, 그리고 자기를 차례로 가리키며 말했다.

"성화 중에 그런 거 있잖아요. 벨라스케스인가 카라바조인가. 예수님 나오는 장면에 화가가 자기 얼굴 숨겨놓고 관람자 쪽을 빤히 보는 그림."

에이, 설마, 싶었지만 듣고 보니 그런 것도 같았다. 나폴리호텔에 오지 않았다면 〈하하하〉가 머릿속에 떠올랐을 리 없다. 〈하하하하하〉를 보게 될 일도 없었을 것이다. 그렇다면 영화의 공간도 영화 속 영화의 공간도 우리가 둘러앉은 공간도 같은 장소인 게 우연만은 아니다. 감독도 염두에 두지 않았을까. 누군가는 나폴리호텔에서 자기처럼 〈하하하〉를 보고 싶어질 거라고. 자기가 만든 이 영화 또한 나폴리호텔의 투숙객이 시청자가 될지도 모른다고.

그러고 보니 앞부분의 성당 장면에서 은수가 영성체를 위해 제대 쪽으로 나간 동안 경수가 주보를 훑어보던 모습이 의미심장하게 다가왔다. 주보 맨 앞 장에 레오나르도 다빈치의 〈최후의 만찬〉이 실려 있었지 아마? Y가 기억이 나지 않는다고 해서 우리는 그 장면을 돌려봤다. 맞다. 최후의 만찬. 클로즈업으로 꽤 오래 보여준다. 언젠가 미술관 도슨트에게 이 그림에 대한 설명을 들은 적이 있다. 원본은 수도원 식당의 벽화라고 했다. 식탁의 한쪽 면을 비워두고 예수님과

열두 제자가 일렬로 자리한 게 작위적으로 보이죠? 그런데 미술관 벽에 걸려 있으니 그런 거고요, 여기가 식당이라고 생각해보세요. 식당에 모인 수도사들이 이 만찬을 함께한다는 느낌이 들게끔 의도된 구도라는 것이었다.

"심오한 뜻이 담긴 장면이군요! 지그시 바라보는 시선이 좀 경건한 것도 같고?"

Y는 농담조로 빙글거리다가 푸하하 웃음을 터뜨리고 말았는데, 왜냐하면 그 주보가 나중에 수박 껍질을 싸버리는 용도로 쓰였기 때문이다.

"저 사람, 짓궂은 건가요, 부끄럼이 많은 건가요."

-

영화의 뒷부분에는 진짜 나폴리 사람이 나온다. 화재경보기 오작동으로 요란한 사이렌이 울리고 잠시 소동이 일어나는 부분에서다. 경수는 상황을 살피러 복도로 나선다. 복도엔 의아한 정적. 그는 두리번거리다가 옆방의 벨을 누르고, 문을

연 외국인 여자와 마주 선다. 여자는 멋쩍은 표정을 짓는다. 쏘리. 담배를 피웠어요. 여자는 경수를 직원으로 착각한 것 같다. 낫 쏘리, 어이없는 콩글리시로 경수는 미안해할 것 없다며 손을 젓고, 어디서 오셨어요? 아무 말이나 덧붙이려 하고, 나폴리에서요. 리얼 나폴리? 예스, 프롬 리얼 나폴리 투 코리안 나폴리. 여자는 열어놓은 창문 앞으로 다가간다.

창밖의 항구 풍경에 여자의 영어가 얹히고 또 번역된 자막이 입혀진다. 여자는 마테오 리치를 연구하기 위해 중국에 왔다가 지금은 일명 '중국상자 여행' 중이다. 상자 안에 작은 상자를 집어넣듯 여행 안에 작은 여행을 넣는 여행. 베이징에서 2년을 유학한 후 난징에서 여섯 달, 상하이에서 세 달, 제주에서 한 달, 목포에서 보름, 광주에서 열흘, 진주에서 사흘, 그리고 코리안 나폴리, 통영이 가장 작은 상자입니다. 나의 고향이 나폴리니까. 나폴리에서 나폴리로. 서울은 들르지 않느냐고 경수가 묻자 여자는 노, 단호히 답한다. 내일부터턴. 온 길을 되밟습니다. 묵었던 숙소에서 다시 묵어요. 상자 뚜껑을 닫는 거죠. 서울을 끼워 넣을 수는 없어요. 되돌아갑 어디서 오셨어요?

나폴리에서요

리얼 나폴리?

예스, 프롬 리얼 나폴리 투 코리안 나폴리

니다. 거쳐온 모든 장소를 집으로, 되돌아가는 집으로 만드는 여행. 그게 중국상자 여행이지요.

생뚱맞게 서정적이었던 이 부분은 야, 창문 닫어, 뜨거운 바람 들어오잖아, 효진의 목소리가 끼어들면서 몽상인 것으로 드러난다. 그랬군. 역시. 갑사기 결이 달라진다 싶었다. 조잡한 카펫이 깔린 음침한 복도는 무슨 공포영화 한 장면 같았고 담배 연기 때문에 화재경보기가 울렸다 쳐도 불이 났을지 모를 마당에 저 태평함이란…… 리얼리티가 없어도 너무 없잖아, 따위의 말을 우리는 주거니 받거니 하고 있었다. 그런데 어디부터가 경수의 머릿속에서 펼쳐진 일이지? 화재경보음부터? 복도에 나섰을 때부터? 옆방 초인종을 진짜 눌렀을까. 아니야. 눌러보려고 망설이다가 돌아섰을 거야. 저 사람 성격으로는 그랬을 거야.

대화라고도 내레이션이라고도 할 수 없는 나폴리 여자의 이야기는 영화적 장면이라고 보긴 어려웠는데, K는 그래도 여자의 중국상자 여행이 맘에 든다고 했다. 집으로부터 멀어지면서 집 속의 집 속의 집 속의 집을 만드는 여행. 아늑하고 또 어지럽고. 가장 작은 집인 이곳, 나폴리호텔은 어쩐지 손바닥에도 올려놓을 수 있는 사이즈일 것만 같고.

"거울 속의 거울 속의 거울…… 그걸 가리키는 말도 있던데, 뭐더라?"

내가 묻자 Y는 챗지피티에게 물어보자고 했다.

"무한반사?"

"말고요."

"드로스테 효과?"

"아닌데."

"미장아빔?"

그래. 그거. Mise en abyme. 두 개의 거울이 서로를 비추면서 무한한 깊이를 만들어내는 효과. 영화 속의 창문에는 항구의 풍경에 경수의 흐릿한 얼굴이 겹쳐졌고 나는 몇 년 전 부다페스트에서 탔던 야간열차의 차창이 떠올랐다. 어둠이 내려앉으면서 창밖의 숲과 들은 보이지 않게 되었고 창문에는 통로 건너 맞은편 자리의 여자가 비쳤었지. 여자도 창가에 앉아 창 쪽으로 고개를 돌리고 있었다. 초로의 얼굴. 손으로 턱을 받치고 있었던가. 내 자리의 창유리에는 고개를 돌린 여자의 곱슬머리와 줄무늬 티셔츠, 건너편 창유리에 비친 여자의 얼굴, 그리고 그 창유리에 비친 나의 등과 어깨와 대충 묶은 머리, 창유리를 통해 여자를 훔쳐보는 나의 얼굴, 나의 눈동자…… 내가 창밖을 보는 척 여자를 보고 있듯 여자도 창밖을 보는 척 나를 보고 있었는지 모른다. 서로를 등진 채로 마주 보기.

–

"내일 저 집에서 아침 먹을까요."

Y가 말했다. 저 집에서 저녁 먹자. 〈하하하〉에서 윤여정이 운영하던 복국집을 가리키며 〈하하하하하〉의 효진이 말한 다음이었다.

"그럴까요. 호동식당. 여기서 10분 거리라는데."

창밖을 보았다. 동이 트고 있었다. 영화 속 803호 창밖으로는 저물녘 항구의 풍경. 우리가 머무는 703호 창밖으로는 여름 새벽 항구의 같으면서도 다른 풍경. 영화의 일부인 듯한 우리의 풍경.

천장의 모서리를 훑어보았다. 어느 구석에 CCTV가 없으려나. 방 안에 있어서는 안 될 장치겠지만 그때만큼은 지금 이 순간을 몰래 담은 카메라가 있었으면 싶었다. 그 영상은, '하하하하하하하'라고 이름 붙이면 좋겠지.

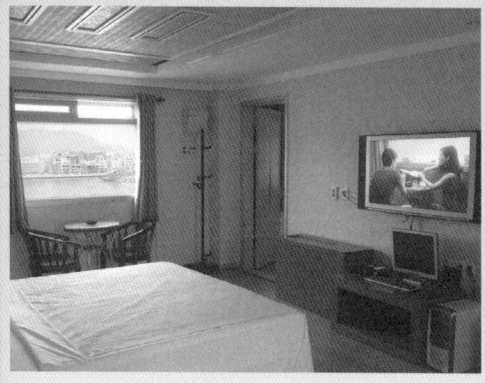

하하하하하

고요한　　　　　　　　민현수, 변유정, 오목경, 항기타

하하하하하
2021 | 108분

감독 **고요한**
각본 **고요한, 민현수**
출연 **민현수, 변유정, 오목경, 함기타**
제작 **한국영화아카데미**
배급 **스튜디오 픽션들** p.s.2

Inverness Elegy

인버네스 엘레지

팀 버튼 | 2015

영상자료원에서 〈맥베스〉 기획전이 열렸다. 파면 기념이 아닐까 싶었다. 국립 기관의 프로그램이니 소개 글에 시국을 언급하지는 않았지만, SNS에 공지가 올라온 것이 공교롭게도 2025년 4월 5일, 헌법재판소가 대통령의 탄핵을 인용한 다음 날이었다.

계엄 선포로 나라가 들끓었던 지난겨울, 전 대통령 부부를 맥베스 부부에 비교하는 기사를 몇 개 보았다. 나는 뜨악하게 고개를 끄덕였다. 닮은 데가, 확실히 없진 않지. 맥베스가 처음부터 왕의 자리를 탐한 게 아니었듯 그 사람도 딱히 정치적 야심이 있었던 것 같진 않다. 그런데 왕이 될 거라는 마녀들의 예언이 맥베스의 마음을 들쑤신 것처럼 모종의 상황이 권력을 향한 욕망에 불씨를 당겼고, 부인은 풀무질을 했고, 어리석음은 아집으로, 강박으로, 망상으로, 무도함으로, 몰락으로…… 하지만 이렇게 빗대면 맥베스는 또 억울하지 않나. 장군으로서 용맹함이라는 미덕을 갖고 있었고, 무엇보다 자신이 망가져간다는 걸 스스로 알고 있던 비극의 주인공인데.

 나는 막연히 맥베스를 변호하고 싶은 심정이었고, 그렇다면 이번 기회에 몰아서 봐볼까, (몰아서 보는 게 변호에 무슨 도움이 되는지는 모르겠지만 여하튼) 내친김에 연달아 네 편의 상영작을 보았다. 소득은 없지 않았는데, 요컨대 이런 것이다. 구로사와 아키라, 로만 폴란스키, 팀 버튼, 조엘 코엔, 네 감독의 영화가 다 흥미로워 기획전에 이끌린 이유 자체를 잊었다는 것. 하나의 원작이 이토록 다채롭게 각색될 수 있구나 경탄하느라 파면된 그 사람을 떠올릴 새가 없었다는 것. 비교 대상으로 나란히 두지 않게 되었으니 맥베스의 명예 회복을 위한 효과적 방법이었다고 해도 좋겠다.

 그중에서도 나의 '원픽'이라면? 원작으로부터 뻔뻔하게 먼 괴상한 맥베스, 그리하여 파면의 주인공과도 전혀 닮지 않은 맥베스, 어쩌려는 건지 꽤나 난감한 영화, 팀 버튼의 〈인버네스 엘레지〉였다.

-

팀 버튼이「햄릿」을 영화로 만든다면 어떨까 생각해본 적 있다. 〈배트맨〉을 보고 난 후였을 것이다. 덴마크의 왕자 햄릿은 고뇌에 휩싸인 주인공이지만 중2병 소년 같은 면도 있다. 틈만 나면 팔랑거리는 깐죽이 광대이기도 하다. 햄릿과 오필리아의 로맨스에는 팀 버튼이 때때로 보여주던 소심한 순정의 색채를 더할 수 있을 테고. 햄릿에는 조니 뎁, 오필리아에는 크리스티나 리치, 거트루드 왕비에는 미셸 파이퍼, 클로디어스 왕에는 대니 드비토…… 캐스팅도 얼추 가능할 것 같았다.

그런데「맥베스」는? 팀 버튼의 영화는 개봉할 때 놓치지 않고 본 편인데도 그의 필모그래피에 맥베스 각색물이 있다는 건 모르고 있었다. 상상 밖의 조합이었다. 야망과 양심, 불안, 초조, 죄책감, 용맹, 체념, 절망, 광기에 어리석음까지, 그야말로 정념의 용광로인 이 드라마가 그의 스타일과 어울릴 수 있나.

또 하나 상상 밖이었던 건 캐스팅이었다. 맥베스와 맥베스 부인이 1인 2역이라는 것. 그 배역을 틸다 스윈턴이 맡았다는 것.

　영화에 처음 등장하는 사람은 맥베스 부인이다. 그녀는 남편의 편지를 읽는다(원작에서는 1막 5장에 나오는 부분이다). 이어서 편지의 내용이 영상으로 펼쳐지며 맥베스와 동행 뱅쿠오가 세 마녀와 마주치는 장면으로 넘어간다.

　나는 어떤 배우가 나오는지 확인하지 않은 채로 영화관에 들어왔는데, 긴 머리에 드레스를 입은 틸다 스윈턴에 이어 갑옷 차림의 틸다 스윈턴이 다시 나와서 뭘 잘못 봤나 했다. 흙과 먼지로 더럽혀진 맥베스 역의 저 배우는 틸다 스윈턴과 골상이 비슷한 다른 사람인가. 그런데 말끔하게 씻은 맥베스가 성에 도착하고, 잘못 본 게 아니었구나, 똑같이 생긴 부부가 부둥켜안고 진한 키스를 나눈다. 뜨거운 재회. 뜨겁긴 뜨거우나 고온건조 열풍과 같은 뜨거움이라서 피부가 갈라지고 입술이 틀 것 같은 재회.

왕이 곧 이 성에 들른다. 환대를 빙자한 죽음의 잔치를 벌이자. 부부는 왕의 살해를 모의한다. 하나는 망설이고 하나는 다그친다. 하나는 뜨거워지고 하나는 냉정해진다. 하나는 나약해지고 하나는 단호해진다. 하나는 칼자루를 쥐고 하나는 칼날을 만진다. 밤이 깊어가고 노랫소리가 들린다. *맥베스는 잠을 죽였네…… 맥베스의 잠은 죽었네……*

한 명의 배우가 부부 역을 동시에 맡으니 분열증의 기운이 증폭한다. 맥베스와 맥베스 부인은 한 사람의 이중인격인가? 지킬 박사와 하이드 씨처럼?

그렇게 보니 원작의 의문 하나가 해소되는 면도 있었다. 맥베스 부인은 원작의 후반부에서 돌연 죄책감에 짓눌려 몽유병 증상을 보이는 환자로 등장한다. 불타는 야망과 화끈한 결단력으로 던컨 왕의 시해를 일사천리 지휘하던 여인이 갑작스레 변해서 시쳇말로 '캐붕'에 가깝다는 생각이 드는 부분이다. 그런데 이 영화에서는 자연스러워 보인다. 살인 후 불면과 환청, 환각에 시달리며 눈이 충혈되고 다크서클이 늘어지고 뺨이 꺼져가던 맥베스의 초췌함은 그대로 부인에게 이어진다. 잠결에 복도를 배회하던 그녀는 엉성한 가위질로 길고 풍성한 금발마저 뭉텅 잘라버렸다. 두 사람을 구분하는 주요 표지가 머리 모양이었는데 그마저도 사라져버린 것이다.

분열증적인 인격이 자리를 바꾼다. 잔인함과 포악함과 담대함이 남자 맥베스 쪽으로, 양심과 죄책감이 여자 맥베스 쪽으로 이동한다. 틸다 스윈턴의 (중성적이라기보다는) 탈성적이고 탈인간적인 마스크가 남자 맥베스와 여자 맥베스를 왔다 갔다 한다. 보고 있노라면 양성구유 생명체의 머릿속을 허우적거리는 기분이 든다. 무대인 인버네스성은 맥베스의 두개골 안쪽이라 하면 될까.

-

틸다 스윈턴의 1인 2역이 도드라지지만 아무래도 이 영화의 진짜 주인공은 맥베스가 아니라 인버네스성이라 해야 할 것 같다. 단조로운 비명을 지르는 입처럼 정사각형으로 반듯

베스는 잠을 죽였네, 죄 없는 잠, 나날의 양식인 잠, 나날의 죽음인 잠,

죽음을 죽였네, 맥베스의 잠은 죽었네, 맥베스는 잠을 죽였네, 죄 없는

하게 뚫린 창문들. 식은땀이 밴 듯 번들거리는 벽. 내장처럼 솜이 비어져 나온 벨벳 소파. 벽난로의 불꽃을 따라 거대한 그림자가 일렁이고 폭이 좁은 나선계단은 지하실에서 다락까지 소용돌이친다. 무슨 렌즈를 사용한 것인지 모르지만 맥베스 부부의 방은 비례가 뒤틀려 도무지 육면체로 보이지도 않는다. 귀신 들린 집이, 아닐 수가 없는 집. 무서운 집이면서 무서워하는 집. 겁을 주는 동시에 스스로 겁에 질린 집.

시해가 자행된 밤, 누가 성문을 두드린다. 맥베스 부부만 깨어 있고 모두 잠에 취한 시각, 문지기가 어렵게 눈을 뜰 때까지 문 두드리는 소리는 오래오래 울린다. 토머스 드퀸시는 『예술 분과로서의 살인』 첫머리에서 이 장면에 경외와 전율을 느낀다고 썼는데, 이런 거였을까. 느린 심장 박동과도 같은 노크 소리. 피 맛을 본 성의 흥분이 억눌린 채 묻어나는 것 같다.

그러고 보면 왜 원제를 버리고 '인버네스 엘레지'라는 제목을 택했는지 수긍이 간다. 맥베스는 인버네스를 떠나지 않는다. 대관식도 이곳에서 치르고 왕좌에 오른 후에도 왕궁이 있는 수도로 거처를 옮기지 않는다. 모든 일은 인버네스의 성 안에서 일어난다. 던컨 왕만 이 성에서 살해당하는 것이 아니다. 원작에서는 숲에서 죽임을 당한 뱅쿠오도 성 안에서 칼을 맞는다. 마녀들이 다시 소환되는 장소 또한 성 안의 지하실이다. 그렇다면 성 안에서 돌아다니는 모든 인두겁들은, 실은 유령인가? 맥베스도 맥베스 부인도? 연회에 참석한 장군과 영주들도? 승전과 함께 개선한 장군 맥베스는 자신이 전투에서 죽은 줄도 모른 채 집으로 돌아온 혼령인가? 그래서 인버네스성을 벗어나지 못하는 건가?

맥베스의 시점이 아닌 성의 시점에서, 영화는 뒤로 갈수록 야릇한 흥겨움이 감돈다. 유령이 출몰하고 사물이 들썩인다. 해골은 춤을 추고 마녀들은 노래를 부른다. *끓어라, 버글버글, 박쥐의 솜털과 고양이의 발바닥, 익어라, 흐물흐물, 인어의 비늘과 육손이의 손가락……* 버글버글, 흐물흐물, 솥 안에 수프를 끓이는 것은 마녀들의 주문과 더불어 버튼 식 조제술. 피규어로 만들면 좋을 것 같은 별종과 요물 들이 총출동한다. 세라핌의 날개가 찢어지고 케루빔의 머리가 터지고 손

끓어라, 들끓어라

도롱뇽의 눈알과 독사의 혓바닥

익어라, 푹 익어라

네시의 꼬리와 훔바바의 발가락

끓어라, 버글버글

화성인의 녹색 가래

익어라, 흐물흐물

마리아의 붉은 창자

톱 대신 열 개의 눈알이 박힌 손으로부터 맥베스는 수프 한 대접을 받아 마신다. 역겨운 맛에 이마를 찌푸리면서도 오랜 불면을 끝내고 단잠에 든다.

―

 셰익스피어의 각색물로서도 팀 버튼의 작품으로서도 〈인버네스 엘레지〉는 망작 아니면 괴작에 가깝다. 사이코드라마에 고딕풍 판타지, 정극의 진지함이 뒤죽박죽으로 엉겨 있는 데다 원작에 얽매이지 않지만 그렇다고 원작의 무게를 깨끗하게 떨쳐버린 것도 아니어서 어디로 흘러가는 건지 종잡기가 어렵다. 팀 버튼의 영화가 보여주던 별종들의 개성은 원작의 무게에 눌려 짜부라진 느낌이다. 비극으로서 「맥베스」가 가진 격렬한 파고는 썰렁하리만치 낮아져 있다. 심지어 맥베스 부부는 대단원의 파국을 맞지도 못한다. (이들이 죽는지 아닌지조차 불분명하게 처리된다.)

 영화관을 나와 틸다 스윈턴의 인터뷰 기사를 찾아보고서

야 이렇게 얼떨떨한 결과물이 나온 사정을 얼마간 이해할 수 있었다.

제작에 뛰어든 건 그 자신이었다고 했다. 버지니아 울프의 소설을 영화화한 〈올랜도〉에 출연한 후 비슷한 방식으로 맥베스를 연기해보고 싶다는 소망을 품었다는 것이다. 2백 년을 남자의 몸으로, 2백 년을 여자의 몸으로 통과하는 올랜도의 기이한 삶은 서기 1600년에서 시작한다. 엘리자베스 1세 치하, 셰익스피어의 전성기다. 연극 속의 여자 역할을 남자 배우가 맡아 하던 시대이기도 했다. 울프의 원작 소설에는 사랑에 빠진 남성 청년 올랜도가 장터에서 〈오셀로〉를 관람하는 장면이 묘사되는데, 틸다 스윈턴은 이 페이지의 귀를 접었다. 여성인 틸다 스윈턴이 연기하는 남자 올랜도와 여자 올랜도, 여기서 한 겹 더, 남자 올랜도가 셰익스피어의 연극을 본 다음 샛길로 빠져 17세기의 배우로서 남자 맥베스와 여자 맥베스를 함께 연기하는 극중극을 떠올려보았다는 것이다. "나는 로열 셰익스피어 컴퍼니에서 연극배우로 연기를 시작했어요. 「맥베스」의 무대인 스코틀랜드에는 나의 뿌리가 있고요. 지금은 스코틀랜드 사회당 당원이죠. 해보고 싶지 않았겠어요?"

계획을 구체화시키는 데에는 오랜 시간이 걸렸고 제작에 들어간 후에도 여러 암초가 있었다. 처음엔 〈맥베스〉가 극중극으로 삽입되는 시대극을 기획했지만 시나리오가 여러 번 뒤엎인 끝에 액자 바깥 부분이 날아가버렸다. 팀 버튼과도 여러 번 다투었다고 했다. 요컨대 동상이몽. 서로 포기할 수 없는 부분이 있다는 걸 인정할 수밖에 없는 시점이 왔다. 그와 나는 타협을 하지는 않았고요, 중도 하차를 택하지도 않았어요. 대신 대놓고 망측해지기로 작정했던 거 같아요.

보는 동안에는 어이없고 황당하다는 생각만 들었는데, 이상하기도 하지, 수려한 만듦새나 매끈한 스토리텔링보다 이런 망측함이 더 오래 머릿속을 떠돈다는 것.

-

〈인버네스 엘레지〉와 함께 본 나머지 세 편은 장중한 버전, 파괴적인 버전, 미니멀한 버전, 미리 짜고 삼인삼색 프로젝트를 진행했나 싶게 각각의 색깔과 방향이 뚜렷이 다른 영화들이었다.

장중한 버전은 구로사와 아키라의 1957년작〈거미집의 성〉. 무대를 중세 일본으로 바꾸고 셰익스피어를 셰익스피어로 만드는 찬란한 독백들을 날려버렸는데도 원작에 전적으로 충실하다는 인상을 받았다. 원작에서는 헐거운 구멍으로 남은 부분이 꼼꼼하게 재가공되어 어떤 행동선도 감정선도 납득되지 않는 부분이 없으니, 셰익스피어의 주름에 모더니티의 풀을 먹여 영화적 다림질을 했다고 하면 좋을까.

파괴적 버전은 1971년에 만들어진 로만 폴란스키의〈맥베스〉. 사악하고 야비한 신이 카메라의 뒤에 숨어 있는 느낌이었다. 비극적 품위 같은 것은 아랑곳하지 않는 폭력적이고 외설적인 묘사. 맥베스 부부의 겉과 속을 음란하게 희롱하는 시선. 운명의 농간이란 말로 대신할 수 없는 가학적 힘이 처음과 끝을 관통하는 듯했다.

미니멀 버전은 조엘 코엔이 감독한 2022년작 〈맥베스의 비극〉. 간결하고 우아하고 고전적이었다. 기하학적인 세트에 흑백필름, 화면을 가득 채우는 클로즈업과 군더더기 없는 연기(덴절 워싱턴과 프랜시스 맥도먼드!), 연극적이면서 문학적이었고, 최근작인데도 한 백 년 전쯤 만들어진 옛날 영화 같았다.

못생긴 영화 〈인버네스 엘레지〉가 가진 특별함이라면, 이토록 다른 색색의 버전을 본 것에 만족하지 못하고 내 나름의 완전판 〈맥베스〉를 상상하게 한다는 것. 구로사와 아키라의 진중한 리듬에 로만 폴란스키가 보여준 파멸의 끈적함, 팀 버튼 식의 괴팍한 유머가 공존하고 그러면서도 조엘 코엔이 보여준 것처럼 대사의 문학적인 맛과 배우들의 표정이 생동하는 버전. 여기에 무겁고 둔한 칼싸움 말고 홍콩 무협 영화 같은 날렵한 액션 신이 더해지면 좋겠고. 마녀들의 예언이 생화학적인 바이러스로서 맥베스를 감염시키고 신체적 변화를 일으키는 SF적 터치가 있으면 더 좋겠고.

욕심이 지나친가. 하지만 아직 없는 작품, 잠재성과 가능

성의 세계 쪽으로 사람의 마음을 더 멀리 p.s.3 움직이게 하는 것이 또한 (망한) 예술의 힘이기도 할 것이다.

인버네스 엘레지 (Inverness Elegy)

2015 | 131분

감독   **팀 버튼**
원작   **윌리엄 셰익스피어**
각색   **셰릴 J. 윈터보텀, 팀 버튼**
출연   **틸다 스윈턴, 에디 라일런스, 킬리언 머피, 제임스 강 맥레넌**
음악   **데이빗 그린우드**
기획/제작   **틸다 스윈턴, 애덤 셰비니**
수입/배급   **(주)범씨네마**

오이와 상희

백상희 | 2013

#3

청계천변 광장시장 남3문, 봉제 골목으로 들어가는 왼쪽 모퉁이에는 '한일쟈크'라는 지퍼 가게가 있었다. 과거형이다. 지금 그 자리에는 '웨딩소품 스왈라'가 있다. 혹시 이사를 했나 싶어 지도앱에 상호명을 입력해보니, 검색 결과가 없습니다. 없다. 한일쟈크는 사라졌다.

동네에서 사라지는 가게들을 일일이 기억하지 못한다. 늘 지나던 거리의 상가 점포가 어느 날 보니 휑하게 비었는데 여기가 뭘 팔던 데였나 도무지 떠오르지 않을 때가 다반사다. 그런데 한일쟈크의 자리만은 알아볼 수 있다. 안에 들어가 지퍼를 산 적이 없는데도. 이 일대를 자주 들르는 것이 아닌데도. 정서적 반응과 무관한 기계적 각인. 그 영화, 〈도미와 상희〉 때문이다. 한일쟈크의 사라짐을 새겨두려고 그 영화를 보았던 건가. 영화 속에서는 잠시 스쳐간 배경이었으나, 한일쟈크의 사라짐을 확인한 오늘은 어쩐지 그런 생각이 든다.

-

〈도미와 상희〉를 보게 된 건 우연이었다. 우연이라기보다…… 인연이 있었다고 해야 하나. 아니라면 개봉은커녕 소규모 영화제에서조차 상영된 적 없는 영화가 어떻게 나에게까지 닿았을까 싶다. 지금이야 소파에 누워 OTT에 올라온 콘텐츠를 아무거나 눌러보기도 하지만, 몇 년 전만 해도 내가 보는 영화라고는 대개 본격적인 마케팅이 따라붙거나 입소문이 질기게 도는 개봉작이 전부였다. 들어본 적 없는 영화가 시청 목록에 우연히 끼어들 가능성은 별로 없었다.

영화관에서 나홍진의 〈곡성〉을 보고 온 날 밤이었다. 재미있었다. 리뷰 몇 개를 찾아 읽었고 이 감독의 전작에 〈추격자〉와 〈황해〉 말고 뭐가 또 있었던 것 같은데…… 뭐더라? 하며 필모그래피를 훑어보았다. 첫 작품인 〈완벽한 도미 요리〉가 9분짜리 단편, 유튜브에 올라와 있었다. 각종 도미 요리 클립 영상과 국내 단편영화 수상작 들이 관련 검색 목록에 함께 나열되었는데, 어쩌자는 건지 나는 찾던 영화를 찾았는데도 스크롤을 자꾸 내렸고, 도미조림과 오렌지소스 도미스테이크 사이, '도미와 상희'라는 제목에 눈길이 닿았다. 3년 전

업로드. 조회수 32회. 게시자 백상희. "제가 만든 영화입니다. 12회 미쟝센단편영화제에 출품했다가 당당히 떨어졌습니다. 보는 시간이 아까울 수도 있으니 주의하세요ㅋㅋㅋ"

자조와 애원와 쑥스러움이 섞인 소개 글에 웃음이 나기도 했지만, 그건 그렇고, 백상희?

어렸을 적 일이 불현듯 되살아났다. 예닐곱 살 무렵이었을 것이다. 우리 집에서 사글세를 살던 아줌마가 방에서 아기를 낳았다. 여자애였다. 학교에서 돌아온 어느 환한 날, 쉿, 너는 나가 놀아라, 아기가 태어날 거야, 수선스러웠던 어른들의 목소리가 기억난다. 그 방의 출입이 내게도 허락된 건 얼마 후였을까. 허락되기를 눈이 빠지게 기다려 드디어 허락을 얻었음에도 나는 방문 사이로 얼굴 반쪽만 들이밀었던 것 같다. 들어와. 아줌마가 웃었다. 아줌마! 내 목소리는 떨렸을 것이다. 상희라고 해요! 상희가 좋아요! 말을 뱉은 다음 도망갔다. 무슨 생각으로 그런 소릴 했는지, 도망은 또 왜 갔는지 모르겠다. 아기 얼굴도 안 보고서 말이다. 어디서 상희라는 이름을 떠올렸을까.

아기의 이름은 정말로 상희, 백상희가 되었다. 주인집 꼬마의 말만 듣고 아줌마가 딸 이름을 정하지는 않았을 것이다. 그럴 리는 없었겠으나, 그래도 나의 상희가 아닐 수 없었다. 각별한 이름 백상희. 우리 집에서 태어난 아이. 내가 이름을 지어준 아이. 오래지 않아 상희네는 이사를 갔다. 우리가 함께 살았던 기간은 1년이나 될까. 하지만 상희를 잊을 수는 없다. 백상희라는 이름을, 그저 지나칠 수는 없었다.

-

도미와 상희. 제목만 보고는 어린이가 등장하는 명랑하고 서툰 코미디일 거라 생각했다. 횟집 수족관에 사는 도미와 그 집 꼬마 상희의 우정? 아니면 사시미가 될 위기에 처한 도미의 탈출기?

짐작과 달리 영화는 지하철에서 시작된다. 자리에 앉아 무릎에 이마를 묻고 있는 여자가 있다. 아픈 것 같기도 하고 자는 것 같기도 하다. 머리는 포니테일. 묶은 머리는 정수리 앞으로 넘어와 그야말로 조랑말 꼬리처럼 흔들린다. 왕십리, 잠실, 흔들흔들, 신도림, 신촌, 흔들흔들, 2호선 순환선, 거의 한 바퀴, 어쩌면 두 바퀴, 을지로3가에서 포니테일은 허겁지겁 일어나 출입문 쪽으로 향한다. 닫히려는 문을 향해 서둘러 몸을 날리다 무턱을 잘못 디딘다. 전동차와 플랫폼 사이의 간격에 다리 한쪽이 빠진다. 플랫폼 쪽의 긴 머리 승객이 비명을 지른다. 전동차 안에 있던 숏컷 승객은 재빨리 다가와 포니테일의 겨드랑이에 팔을 넣어 일으킨 다음 밖으로 데리고 나간다. 전동차는 떠나고 플랫폼에는 포니테일과 숏컷, 두 여자만 남는다.

약간 슬랩스틱 코미디 같기도 한 이 오프닝 시퀀스를 어떻게 찍었나 모르겠다. 번듯한 제작사가 있는 게 아니니 공문을 보내 지하철 역장의 협조를 얻어냈을 것 같지는 않다. 그렇다면 실제 운행되는 전철 안에서 촬영되었다는 것인데, 위험천만한 액션인 건 둘째치고라도 제지당하지 않으려면 역사 직원과 다른 승객들의 눈을 피해야 하지 않았을까. 그럴 만한 시간대, 그럴 수 있는 객차를 찾아, 몇 번이나 재촬영을 한 것일까. 꽉 짜인 동선을 따라 저 배우는 몇 번이나 발을 헛딛고 틈새로 다리를 빠트렸을까.

그 뒤로는 포니테일 도미와 숏컷 상희가 함께 보낸 어색하고 심심한 하루가 이어진다. (도미는 그러니까 생선 도미가 아니라 사람 이름이다.) 처음엔 상희가 도미를 조금 더 도와야 하는 상황이다. 다리를 빠트렸던 도미는 신발 한 짝을 잃었고 커다란 캐리어까지 끌어야 한다. 도미가 새 신발을 살 때까지 상희는 캐리어를 대신 끌어준다. 신발이 해결되고도 둘은 을지로를 함께 걷는다. 현대휀스. 남일철물. 무지개안료. 장미벽지. 도미는 스마트폰과 간판과 건물 주소를 번갈아 보다가 앵글집에 들어간다. 중년 남자와 싸우다 울음을 터트린다. 그 모습을 상희는 유리문 너머에서 물끄러미 지켜본다. 앵글집을 나온 도미의 손은 주먹이다. 배고프지 않나요. 시장에 가면 뭘 먹을 수 있지 않을까. 둘은 시장으로 들어선다. 하필 방산시장이다. 신우비니루. 국일고주파. 형제지업. 방산시장에는 식당도 노점 음식도 없다. 걷는다. 계속 걷는다.

내 위치가 한일쟉크래

트럭과 오토바이가 점포마다 세워져 있어 캐리어가 여간 거추장스럽지 않다. 지친다. 걸음이 느려진다. 도미와 상희의 간격이 벌어진다. 청계천을 건넌다. 오후의 쨍한 빛. 오른쪽으로 선명하게 떨어진 그림자. 도미가 보도블록에 쭈그려 앉는다. 스마트폰을 본다. 웃고 있는 것 같나. 내 위치가 한일자 크래. 얼굴은 보이지 않지만, 웃는 어깨, 웃는 포니테일. 상희가 옆에 쭈그려 앉는다. 또한 얼굴이 보이지 않지만, 웃는 목덜미, 웃는 숏컷.

마지막 장면은 방이다. 아마도 상희의 방일 것이다. 어디쯤일까. 을지로나 동대문 근처? 어차피 집에 가던 길이라 상희는 도미와 잠시 동행이 된 것일까. 아니라면 도미의 곁을 지킨 상희의 하루는 무엇이었을까. 지하철에서의 어처구니없는 사고가 있기 전 상희는 언제부터 도미를 지켜보고 있었을까.

상희는 도미의 발을 조심스레 만져본다. 이불 밖으로 삐져나온 도미의 발바닥에는 티눈이 박여 있다. 오래 걷기 힘들었을 것이다. 티눈 아래에는, 묘하게도 타투가 있다. 초록색의 뾰족한 싹이다. 도미는 깨지 않는다. 카메라는 이불 속으로 들어가 얼굴을 살피지는 않지만, 도미가 자고 있는 게 아니라는 걸 모를 수는 없다. 발바닥에 도미의 표정이 묻어 있다. 발바닥은 마치 클로즈업된 얼굴처럼 오랫동안 화면에 담긴다. 흔들린다. 푸른 싹이 흔들린다. 흔들림은 분명 카메라를 잡은 손이 떨린 탓이겠으나, 발바닥에 그려진 싹이 바람에 흔들린 것 같은 착각을 불러일으킨다. 도미와 상희 사이에 싹튼 마음의 상징이거나 말거나 나의 심증은 이랬다. 마지막 장면, 발바닥의 뾰족한 싹에서 이 영화는 출발했겠구나.

-

포니테일이 도미, 숏컷이 상희임을 나는 의심치 않았지만 영화는 누가 도미이고 누가 상희인지 직접 알려주지 않는다. 이름은 불리지 않는다. 대사도 거의 없고 얼굴 정면이 보이는 숏도 없다. 걸어가는 뒷모습, 쭈그리거나 숙인 앞모습, 그늘

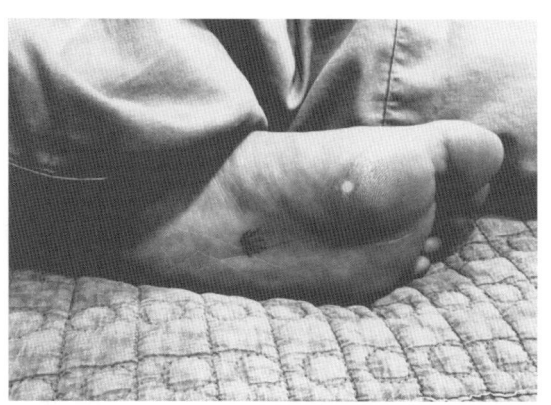

속에 묻혀 어슴푸레하게만 윤곽이 드러나는 옆모습이 전부다. 엔딩 크레디트에는 도미/홍응옥, 상희/백상민, 이렇게 배우 이름이 올라가지만, 배우들과 개인적 친분이 없는 다음에야 누가 홍응옥이고 누가 백상민인지 알 방법이 없다.

그럼에도 불구하고 도미는 도미, 상희는 상희, 도미는 상희일 수 없고 상희도 도미일 수 없다. 이것은 백상희의 영화다. 상희가 도미를 바라보는 영화다. 포니테일을 흔들며 걷고 발바닥에 뾰족한 싹을 키우는 쪽은 도미일 수밖에 없다. 타이틀이 뜨는 장면(70쪽에 실은 캡처 화면)에서 느껴지는 모종의 기우뚱함도 그 때문이었을 것이다. 두 사람의 이름을 제목으로 삼았다면 둘이 한 화면에 잡히는 지하철 장면 끄트머리에 타이틀을 띄우는 게 무난했을 텐데, 이미지와 텍스트가 그런 식으로 딱 맞게 배치되는 걸 일부러 피한 게 분명하다. 화면 안에는 도미의 이미지, 상희의 시선, '도미와 상희'라는 글자, 세 가지가 있다. 시선의 존재감은 처음부터 끝까지 도드라져서 마치 1인칭 영화를 보는 느낌이 들기도 한다. 카메라는 둘의 뒤를 좇는다. 좇는 간격이 일정하다 보니 가끔은 행인들에 막혀 놓치기도 한다. 미행은 미행이되 그림자가 제 실체를 좇는 것처럼 가련하고, 응시는 응시이되 의아할 정도로 관음증에서 멀다. 카메라는 감독 백상희의 손에 들려 있었을 것이다. 도미와 상희를 바라보는 또 다른 상희. 촬영을 다른 사람에게 맡길 처지가 되었다면 감독은 직접 상희를 연기하는 상희가 되었을까.

옷차림과 걸음걸이로 짐작건대 도미와 상희는 대략 이십대 초중반으로 보인다. 카메라 뒤에 있는 감독의 나이도 배우들과 크게 차이가 질 것 같지 않다. 우리 집에서 태어난 상희는 이 영화가 만들어졌을 무렵에 서른셋이나 서른넷이었을 테니 같은 사람은 아닐 것이다. 그러나 그 백상희와 이 백상희가 어쩔 수 없이 뒤엉겼다. 아줌마! 상희라고 해요! 상희가 좋아요! 상희라니. 어쩌자고 나는 겁도 없이 작명에 뛰어들었을까. 도미와 상희. 도미라니. 어쩌자고 백상희 씨는 이런 이름을 지어 타이틀에 띄울 생각을 했을까.

-

얼마 후 카프카의 『소송』을 읽다가 이상한 구멍을 발견했다. 변호사가 요제프 K에게 장황한 궤변을 늘어놓는 부분에서였다. 법원 다락에 마련된 변호사 대기실은 워낙에 수리를 하지 않아서 바닥에 오래 방치된 구멍이 하나 나 있는데, 사람이 쑥 빠질 정도는 아니고 다리 한쪽만 빠질 정도의 크기다, 그래서 아래층에서 보면, 구멍으로 빠진 다리 하나가 천장에 걸려 흔들거리곤 한다…… p.s.4

도미의 다리가 떠올랐다. 전동차와 플랫폼 사이에 빠트린 도미의 다리도 꼭 그 구멍을 통과해 어느 집 천장 아래에서 흔들리고 있을 것 같은 기분.

천장을 멍하니 보다가 책을 덮고 집을 나섰다. 지하철을 탔다. 을지로3가역에서 내리며 전동차와 플랫폼 사이의 간격을 살폈다. 발을 넣어보지는 않고, 걸쳐보았다. 이 틈으로 빠졌던 다리, 아래로 떨어진 샌들, 그 샌들을 꿰고 있던 발과 발가락과 발바닥.

지하철을 나와 4가에서 5가로, 영광금속, 태평양조명, 덕양아교, 신양앵글, 도미와 상희의 길을 따라 걸었다. 도미와 상희를 따르던 카메라처럼, 이 영화의 뒷모습을, 이 영화의 발바닥을, 살피고 싶은 마음이었던 것 같다. 날은 더웠고 허기가 졌다. 도미와 상희보다는 내가 주머니 사정이 넉넉하니까 방산시장의 작은 골목들을 가로질러 우래옥에서 냉면을 사 먹었다. 청계천을 건넜다. 그림자를 오른쪽에 매달고, 그 자리에 섰다. 내 위치는 한일쟈크. 휴대전화 카메라를 켜고 사진을 찍었다. 지금은 사라진 한일쟈크. 도미의 어깨와 상희의 목덜미에 웃음을 묻힌 그 가게에는 '쟈크'들이 봉지 봉지 가득했다. 가득했었다. 미싱 소리가 들렸다. 들렸었다. p.s.5

오미와 상희

도미와 상희

2013 | 23분

감독 **백상희**
출연 **홍응옥, 백상민**

여고괴담 7: 도돌이표

사공금주 · 사공은주 | 2025

'여고괴담'이 돌아왔다. 6편이 2021년에 나왔으니 4년 만이다. 4년이라면, 돌아온 게 맞겠지?

5편 이후 6편이 나오기까지는 무려 12년이 걸렸다. 그때는 오히려 '돌아왔다'는 생각이 들지 않았다. 만들어지는 간격이 점점 벌어졌으니 이번이 마지막이겠구나. '여고괴담' 시리즈의 제작을 이끌어온 영화사 대표 이춘연 씨가 별세했다는 소식도 들렸다. 여고를 배경으로 한 예능 프로그램이 생기고 괴담을 모티프로 삼은 영화와 드라마가 많아졌지만 '여고+괴담' 특유의 애틋한 귀신 호러는 더 이상 없을 줄 알았는데, 4년 만이라면, 4년 안팎의 간격을 유지하며 계속 만들어진다면, 일종의 리부트라면, 시리즈의 팬으로서는 무조건 웰컴 백.

그런데 영화관에 비치된 팸플릿 뒷면의 내용을 훑어보면서는 반가움과 의구심이 교차했다. "1931년 4월 8일, 동덕여고보 동창인 두 여성이 영등포역에서 기차에 뛰어들어 동반자살했다. 한 사람은 종로에 위치한 대형서점 주인의 딸 김용주, 또 한 사람은 작곡가 홍난파의 조카 홍옥임……"

실화를 다룬다는 건가. 이 사건에 대해서는 나도 자료를 살펴본 적이 있다. 종일 도서관에 처박혀 식민지 시대 일간지를 뒤지던 대학원생 시절이었다. 미시사(微視史)와 문화 연구의 붐이 일던 당시 분위기에 편승하여 나름대로 일차 자료에 천착해보려던 것이었는데, 쓸 만한 주제는 남들이 다 선점하고 쭉정이만 남은 것 같아 가십 기사에나 키득거리며 심드렁하게 시간을 죽이고 있던 참이었다.

그러던 중 그 헤드라인을 보게 되었다. "청춘양여성철도정사(青春兩女性鐵道情死)". 대서특필이었다. 사설란과 독자투고란에 연일 김용주와 홍옥임이 등장했다. 주변인물 인터뷰가 이루어졌다. 두 사람의 만남에서부터 죽음에 이르는 과정을 시시콜콜 변사 투의 이야기체로 각색한 연재 기사가 실렸다. "동성애의 정사" "동성연애" "러브어페어" 같은 단어가 튀어나왔다. 1930년대에 말이다. 뭘 어쩌려는 건지도 모르면서 관련 자료를 잔뜩 복사해 왔지만 내가 논문으로 감당할 수 있는 영역이 아니라는 걸 깨닫는 데 오랜 시간이 걸리지는 않다. 〈캐롤〉이나 〈델마와 루이스〉 같은 영화로 만들어지면 좋을 텐데, 하는 생각만 막연하게 했다. (게으른 상념으로 머물다 흩어진 터라 이 실화를 기반으로 한 연극 〈궤도열차〉와 뮤지컬 〈콩칠팔 새삼륙〉이 있다는 건 얼마 전까지도 모르고 있었다.)

어쨌건 '여고괴담'이 돌아왔고, 김용주와 홍옥임의 실화가 영화화되었고, 내 흐릿했던 바람이 이중으로 실현된 셈이니 반가운 것도 사실인데, '여고괴담'에 식민지 경성 배경의 멜로드라마라고?

-

괜한 의구심이었다는 걸 상영 시작 10분도 채 되지 않아 깨달았다. 영화가 다루는 시기는 1930년대가 아니고 현재, 2020년대다. 두 시대를 왔다 갔다 하지도 않는다. 1931년의 사건은 배후의 미스터리로만 등장한다. 공포물에서 공포를 불러일으키는 것의 정체는 마지막 반전을 위한 회심의 카드로 숨겨두는 게 보통이지만 이 영화는 오히려 홍보에 활용한다. 포스터만 봐도 분명히 드러난다. 한복을 입은 옛 시대의 여자가 소실점 쪽에 서 있다. 팸플릿에는 이들의 사연에 관한 제법 상세한 개요까지 적혀 있다. 알고 보는 게 더 좋다는 뜻이다. 내막을 미리부터 알고 있어도 이 영화를 보는 너는 여전히 무서울 거야, 라는 자신감.

2023년 봄. 동덕여고 2학년 2반 교실에 두 명의 뉴페이스가 등장한다. 한 명은 전학생, 또 한 명은 출산 휴가를 떠난 교사를 대신해 모교에서 임시로 수업을 맡게 된 국어 선생이다. 교실에 처음 들어선 임시 교사는 13번을 호명한다. 13번. 13페이지 2단락부터 읽어줄래. 대답이 없다. 학생들의 키득거리는 소리가 들린다. 13번. 임시 교사는 출석부를 펴고 다시 한번 부른다. 13번 서수연. 고개 숙인 수연의 얼굴이 클로즈업된다. 입술이 떨린다. 떨리는 채로 굳게 다물려 있는데, 교과서를 읽는 목소리가 스크린 밖에서 들린다. 수연의 옆자리, 그날 아침에 첫인사를 한 전학생이다. 껄렁한 목소리가 끼어든다. 쟤 13번 아니에요. 좀 전에 전학 왔어요. 임시 교사는 전학생의 이름을 묻는다. 전학생은 침착하게 대답한다. 임시 교사의 얼굴에 그늘이 덮인다. 김용주? 순간 교실 안으로 하얀 새가 날아든다. 퍼덕거리며 유리창마다 머리를 들이박다가 피투성이가 되어 수연의 책상에 널브러진다. 창문도 문도 다 닫혀 있는데 새는 어디로 들어온 것일까. 왕따 수연을 괴롭히려는 아이들의 작당이었을까.

그날 이후 수연과 용주는 각자의 환청과 환각에 시달린다. 검은 건반. 하얀 날개. 꿈틀거리는 히라가나. 흩날리는 사쿠라. 임시 교사 시은의 뇌리에는 고등학교 때 죽은 단짝 용주가 뜨겁고 어지럽게 역류한다. 영화 소개 글이나 트레일러 영상을 미리 찾아본 관객이라면 용주라는 이름을 그저 지나칠 수 없다. 정보 없이 영화관에 들어왔다 해도 장르 관습에 따라 저 용주와 그 용주 사이에 모종의 끈이 이어져 있음을 짐작할 수 있다.

김용주는 귀신일까. 저 표정, 저 목소리로, 1930년에는 홍옥임의 친구로서, 1999년에는 유시은의 친구로서, 지금은 서수연의 친구로서, 교복만 바꿔 입은 채 동덕여고 복도를

80여 년간 배회한 건가. 아니면 죽음의 위험에 노출된 희생양일까. 보이지 않는 손에 떠밀려 옥상에서 떨어지거나 들리지 않는 목소리의 명령을 받고 계단 난간에 목을 매게 될까.

용주와 수연, 그리고 국어 선생 시은은 각자 귀신의 뒤를 캐는 탐정이 된다. 김용주라는 이름의 동덕여고 학생이 다른 학생 하나와 함께 10여 년에 한 번 꼴로 영등포의 선로에 뛰어들었다는 것을 알게 된다. 그리고 조사와 추리를 거듭한 끝에 1931년의 비극, 김용주와 홍옥임의 동반 자살에 닿는다. 그렇다면 둘 중 어느 귀신이? 아니면 둘 다? 자발적으로 함께 목숨을 끊은 거라면서? 누가 누구를 억지로 끌어들인 게 아닌데 왜?

정황의 뿌리가 드러났는데도 미스터리는 여전히 남는다. 위험도 그대로다. 한 세기 가깝게 맺혀 있는 한이 풀리지 않는다면 돌아오는 4월 8일, 1931년의 김용주와 홍옥임이 그랬고 반복적으로 다른 김용주와 다른 한 학생이 그랬듯 2023년의 김용주와 서수연도 영등포를 지나는 열차에 뛰어들어 처참한 시신으로 발견될 것이다. 어떻게 막아야 하나. 누가 누구를 막아야 하나. 현재의 용주, 수연, 시은 중 귀신은 누구의 몸에 빙의되어 일을 저지르려는 것일까.

 셋 모두에게서 의심의 눈길을 거두기가 쉽지 않다. 이들은 공동의 목표를 위해 힘을 합치는 담정인 동시에 서로에게 용의자가 된다.
 수연은 입술 한쪽이 약간 들려 있다. 구순구개열을 가지고 태어난 것 같다. 말더듬증도 있다. 첫 장면에서 굳이 교과서를 읽지 않으려 한 것도 그 때문일 것이다. 입을 열 때마다 두 개의 목소리가 서로 튀어나오려고 싸우다가 지친 것처럼 들린다.
 용주는 한 소절의 멜로디에 사로잡혀 끊임없이 콧노래를 흥얼거린다. 이 곡, 머릿속에서 떠나질 않아. 수연은 용주의 멜로디를 따라 손가락 피아노를 친다. 도돌이표를 건너뛰는 법을 잊은 거야. 학교에 익숙해진 임시 교사 시은은 사납고 창백한 무표정으로 수업에 집중하지 않는 수연과 용주를 내려다본다. 갇힌 거겠지. 도돌이표에. 잡담하지 말라는 지적이지만 무심히 넘길 수 없는 장면이다. 더구나 유시은은 〈여고괴담 두번째 이야기: 메멘토 모리〉에도 나오지 않았던가. p.s.6

해맑은 섬뜩함과 다정한 불길함으로 꽉 찬 장면 하나. 도서관에 간 용주와 수연은 창가에 나란히 앉는다. 창밖엔 벚꽃이 난분분하다. 수연은 가방에서 분홍색 헤어롤을 꺼내 앞머리를 만다. 용주의 앞머리도 말아준다. 왼손잡이 용주는 왼손으로, 오른손잡이 수연은 오른손으로, 책장을 넘기고 필기를 한다. 왼쪽에 앉은 용주는 오른쪽 귀에, 오른쪽에 앉은 수연은 왼쪽 귀에, 하나의 이어폰을 나눠 낀다. 줄이어폰 단자에 요즘에는 보기 힘든 골드스타 워크맨이 연결되어 있다.

반으로 접으면 그대로 포개질 것 같은 어여쁘고 유머러스하며 향수를 자극하는 데칼코마니. 용주와 수연의 귓속으로 흘러드는 음악이 들린다. 낭랑한 피아노 소리. 모차르트의 소나타 11번 1악장 첫 악절. 용주가 흥얼거리던 멜로디가 또렷해진다. 누구의 연주인지 손가락은 도돌이표에 갇혀 다음 악절로 넘어가지 못한다. 누구의 연주를, 두 소녀는 저렇게 무방비로 듣고 있는 건가. 정상적인 음원이 아니라는 걸 눈치

갇힌 거겠지.

도돌이표에.

채지도 못하는 건가. 이 화면은 대칭이 아니다. 누군가, 한 명이 더 있다. 환한 낮인데, 화사한 봄인데, 불협화음이 신경을 긁지도 않고 괴괴한 그림자가 드리워진 것도 아닌데, 누군가, 한 명이 더 있는 것이다.

운명의 4월 8일, 용주와 수연과 국어 선생 시은은 각자 친구를, 혹은 제자를 잃을 수 없다는 절박한 일념으로, 그러나 자신만은 원혼의 꼭두각시일 리 없다는 맹목적 확신을 안고 영등포역에 간다. 신병을 앓다가 내림굿을 받고 복학한 승혜가 이들과 동행한다.

선의와 애정과 용기로 충만해 있지만 동시에 무모하고 어리석기 짝이 없다. 예언된 미래를 피하려는 행동으로 오히려 그 예언을 실현시킨 오이디푸스 왕의 운명을 따르려는 것 같다. 비극을 막고 싶다면 아예 영등포역에 가지 말아야 한다. 모르는 척했어야 한다. 불길한 징후와 증상을 심상히 넘기고 캐보지 않았다면 더 좋았을 것이다. 아무것도 몰랐다면 영등포를 떠올릴 까닭도 영등포역의 열차를 위협으로 느낄 필요도 없었을 텐데. 예언으로서의 저주. 앎이라는 올가미. 말은 정해진 미래를 수동적으로 가리키지 않는다. 말에 감염된 자의 뇌세포를 점령하고 스스로 미래를 실현한다. 자유의지라는 것이 운명에 패하는 원리이다.

이 유구한 전통에 속한 파국을 호러물의 규칙과 결합시키는 방식으로 이야기가 흘러갔다면, 그래서 사람은 죽고 원혼만 컴컴하게 남아 다시 복도를 떠돌며 다음번 숙주가 될 사람을 기다리는 식으로 영화가 끝났다면, 나는 구구절절 스포일러를 밝혀 가며 이 글을 쓰고 싶다는 생각을 하지 않았을지도 모른다. (여기서부터 스포일러다.)

이들이 영등포역에 도착하면서부터 1931년 4월 8일은 현재의 시간과 교차편집된다. 식민지 조선의 신여성 홍옥임이 피아노 앞에 앉아 모차르트를 친 다음 보면대에 유서를 두고 집을 나선다. 무당 승혜의 시선으로 두 시간대는 곧 한 화면에 포개진다. 그렇다. 홍옥임이다. 구천을 떠도는 건 김용주가 아니라 홍옥임의 혼령이다. 1931년의 홍옥임이 2023년 서수연의 몸을 빌려 김용주와 팔짱을 낀다. 홍옥임의 마음이

읽힌다. 복수심이나 질투, 절망 같은 부정적 감정이 아니다. 희망으로 부풀어 있다. 보면대에 두고 온 유서, 실은 가짜였다. 가족에게는 죽은 척하고 경인선 열차를 탄 다음 인천항에서 배를 타고 지긋지긋한 조선을 뜰 생각이었다. 원치 않는 결혼 생활에 지친 김용주와 함께.

처지를 비관한 용주는 벌써 두 번이나 자살 시도를 했다. 영원히 함께. 죽을 거면 같이 열차에 뛰어들자며 홍옥임은 김용주를 영등포역으로 부른다. 꼭 잡은 두 사람의 손은 떨어지지 않게끔 비단끈으로 묶여 있다. 영원히 함께. 살자. 죽지 말고. 상하이로 가서 함께 살자. 이제 진짜 계획을 털어놓을 차례. 홍옥임은 열차표를 보여주려 했는데, 가방 안에 챙겨 온 귀금속과 지폐도 보여주려 했는데, 안타깝게도 삶을 끝내려는 용주의 굳은 결심이 옥임의 희망보다 성급히 열차를 향해 움직인다. 철로에 뛰어드는 용주와 비단끈으로 손이 묶인 옥임 또한 함께 기차 바퀴에 깔린다.

회한이 사무친 홍옥임은 이 땅을 아주 뜰 수가 없다. 미리 말해두었어야 했는데. 죽지 말고 살자고, 살아서 조선을 뜨자고, 준비는 내가 다 했다고 알렸어야 하는데. 홍옥임의 혼령은 학교의 복도를 떠돌다가 김용주라는 이름의 학생이 들어오면 이 용주를 저 용주처럼 데리고 다시 영등포역으로, 인천항으로, 상하이로 가려 한다. 늘 용주보다 한 발 늦어 그날의 비극이 반복된다. 영등포에서 죽고, 또 죽고, 또 죽는다. 살고 싶어서 자꾸 죽고, 살리고 싶어서 자꾸 죽인다. 승혜가 영매로서 그날과 오늘의 다리가 되어준다. 옥임아. 괜찮아. 네 잘못이 아니야. 용주가 운다. 미안해. 옥임이 운다. 그리고 수연이 운다. 보고 싶어. 시은이 운다. 시은의 차에 사람과 혼령이 다 함께 타고 인천 앞바다에 간다. 반투명한 김용주와 홍옥임이 여객선을 타고 상하이로 떠난다. 희미해진다.

-

 실화를 굳이 노출시켜야 했을까, 잠시 생각했다. 실화는 변경 불가능한 사실이기 때문에 장르 구속력이 강한 픽션과 섞이면 무리한 설정이나 장면이 나오곤 한다. 여고괴담의 귀신이 벌건 대낮에 영등포역까지 나간다? 빙의든 의문사든 동반 자살이든 학교라는 한정된 공간에서 벌어져야 하지 않나? 사실관계와 맞지 않는 부분도 있다. 김용주와 홍옥임이 죽은 건 둘 모두 동덕여고보를 떠난 후였다. 맺힌 한을 어쩌지 못해 이승을 떠돌더라도 동덕여고에서 그럴 이유가 없는 것이다. 굳이 사실에 부합하지 않는 디테일이나 설정을 넣을 수밖에 없었다면, 아예 이름을 바꾸고 사건의 경위도 적극적으로 각색하여 여고괴담의 프레임에 더 잘 어울리게 만들 수도 있었을 텐데.

이런 의아함이 나만의 것은 아니었는지 GV에 참석한 한 관객이 질문을 했다. 사공은주 감독이 마이크를 들었다. 일단은 저희가 동덕여고를 나왔거든요, 그 두 분은 저희 선배님이신 거죠. 객석 여기저기에서 웃음소리가 들렸고 웃음이 잦아들기를 기다려 그는 말을 이었다.

공동 감독을 맡은 두 사람은 연년생 자매인데, 각본 작업의 큰 틀을 짠 건 언니인 사공금주 감독이라고 했다. 언니는 자료 조사를 하면서 화가 난다고 했어요. 둘의 동반 자살을 다룬 기사들이 하나같이 선정적이고 자극적이었거든요. 특이한 사건이긴 했지만 찧고 빻아도 정도껏이죠. 죽은 이들을 한 번 더 죽이고 있다는 생각이 들었어요. 시나리오를 쓰는 동안 우리의 목적은 어느 틈엔가 변해가고 있었죠. 어떻게 하면 더 무서운 영화를 만들 수 있을까, 에서 어떻게 하면 김용주와 홍옥임을 구출할 수 있을 것인가, 로요. 두 사람은, 그 두 사람이 아니면 안 되었어요.

오래전에 죽은 실존인물을 이야기의 형식으로 구해내기. 웰메이드로서의 가능성을 뒷전으로 제쳐두고라도. 용감한 선택이라는 생각이 들었다. 그러고 보니 영화 속 세 주인공의 무모함이 영화를 만든 사공 자매의 무모함과 닮아 있는 것 같기도 했다. 마이크가 수연을 연기한 배우 장진주에게로 넘어갔다. 두 사람, 상하이에 잘 갔겠죠? 내내 무릎만 보고 있던 사공금주 감독이 잠깐 고개를 들고 희미한 미소를 지었다. 영화 속 수연처럼 윗입술 한쪽이 약간 들려 있었다.

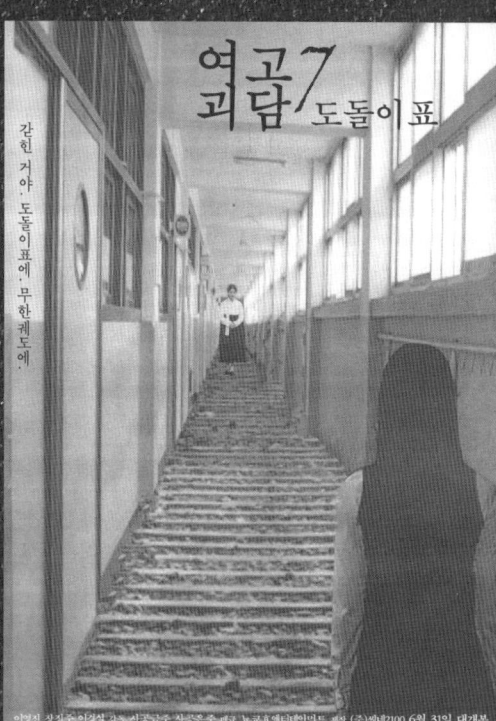

여고괴담 7: 도돌이표

2025 | 98분

감독 **사공금주, 사공은주**
각본 **사공금주, 사공은주, 은세희**
출연 **이영진, 장진주, 이경실, 유빈, 인지영**
음악 **묽, 이아휘**
제작 **(주)씨네2100**
배급 **뇨쿄효 엔터테인먼트**

완전한 마모의 돌 찾기 대회

라리사 타르코프스카야 | 2005

나의 네번째 시집 『무족영원』에는 마음에 걸리는 부분이 하나 있다. 완전한 마모의 돌 찾기 대회. 영화 제목을 빌려 쓴 시가 있는데, 출처를 밝히지 않았다. p.s.7 내용과는 상관이 없고 흐름도 다르니까…… 제목에 저작권이 있는 것도 아니고…… 알 사람은 다 알 테고…… 갖가지 핑계가 있었지만 이도 저도 다 궁색하다. 제목만 가볍게 빌렸다기엔 머릿속에 박힌 인상이 여러모로 깊다.

가령 여름옷을 정리하고 긴 옷들을 꺼내 손이 잘 닿는 서랍으로 옮기던 엊그제 저녁, 옷장 구석의 오래된 롱코트를 꺼내 입어보았다. 두툼한 어깨 패드가 달린 코트다. 처분하기로 작정하고 꺼냈다가 번번이 걸려 있던 자리에 돌려놓는 게 벌써 몇 번째인지 모르겠다. 한때는 소매 길이가 손등을 덮고 어깨에 패드를 대어 각을 세우던 이런 스타일이 유행했었다. 상체가 빈약해도 이 옷을 입으면 제법 우람해 보이지. 겨울 중무장을 하고 현관문 앞에 서 있던 그 여자처럼.

그 여자, 러시아 인형 마트료시카를 닮았다는 생각이 든

게 그 다음 장면이었나. 현관문 안으로 들어선 여자는 신발을 벗었고. 통굽 장화와 바짓단에 가려 있던 작은 키가 드러났고. 털모자를 벗자 가늘고 힘없는 곱슬머리. 그런 다음 외투를 벗었을 것이다. 좁은 어깨. 니트 스웨터를 벗자, 깡마른 팔. 터무니없이 왜소한 몸이 나타나서 나는 어머, 하고 소리를 내었던가 입 모양으로만 놀랐던가. 소파에 등을 기대고 창밖을 보는 여자는 껍데기를 잃은 소라게처럼 보였다. 모자와 외투와 장화에 기생하는 영혼이 영혼을 벗어둔 몸뚱이와 나란히 앉아 있는 것 같았다. 노브라에 팬티만 걸친 것도 아니건만 어깨에 담요라도 둘러주고 싶었더랬다.

〈완전한 마모의 돌 찾기 대회〉를 본 건 전주국제영화제에서였다. 주간지의 영화제 소개 코너에서 감독의 이름을 접하고 예매를 했다. 라리사 타르코프스카야라면, 안드레이 타르코프스키의 부인? 조감독이자 배우이기도 했던? 무작정 확신했던 탓에 동명이인임을 뒤늦게 알고 실망했지만 기본 정보만 찬찬히 살폈어도 혼동하지 않았을 테니 나의 불찰이었다. 그 라리사 타르코프스카야는 페레스트로이카 이전 소련에서

활동했고 1998년에 세상을 떠났다. 20세기 사람이 2005년 벨기에에서 만들어진 영화의 감독일 리 없었다. 결과적으로는 운 좋은 착오였다고 해야 할 것이다. 애초의 동기라는 것이 솔깃함 이상은 아니었고, 안드레이 타르코프스키와 무관한 삼십대 젊은 감독의 작품이라는 걸 알았다면 수많은 영화제 상영작 중에서 굳이 이 영화를 고르지는 않았을 테니까.

-

칼바람이 부는 브뤼셀의 겨울, 이민자로 보이는 여자가 살 곳을 구하고 있다. 초췌한 얼굴의 샤를로트 갱스부르. 영화 속 이름은 레나다. 레나는 세입자를 구하는 전단지를 전봇대에서 떼어 주소지를 찾아간다. 3개월 단기 임대에 일시불로 5백 유로. 너무 싼 임대료라 사기를 당하는 것은 아닌가 걱정이 앞서는데, 레나를 맞은 주인은 이미 떠날 채비를 마치고 있다. 벨을 누른 첫 방문객 아무에게나 막무가내 집을 떠맡기고 사라질 태세다. 레나의 동의도 없이, 계약서 같은 것도 없이, 집주인 마리는 레나의 손바닥에 열쇠를 쥐여준다. 얼떨결에 레나도 지폐를 내민다. 머묾과 떠돎이 교환된다. 잘 부탁해요. 3개월 후에 봐요.

레나의 머묾과 마리의 떠돎을 영화는 느릿느릿 번갈아 가며 보여준다. 마리가 떠난 직후, 레나의 시선이 훑은 실내는 그야말로 가관이다. 나뒹구는 통조림 캔과 과자 봉지. 씻지 않은 접시 무더기. 기름때에 찌든 주방 가구. 깨진 타일. 너덜거리는 등갓. 하수구 냄새. 상한 맥주 냄새. 레나는 설거지를 한다. 청소기를 돌린다. 더러운 테이블보와 소파 커버를 세탁기에 넣는다. 한 달이 지난다. 레나는 창틀의 먼지를 닦는다. 드라이버를 찾아 나비 경첩의 나사를 조인다. 흔들리던 문짝이 단단해지고 나비의 날개가 단정하게 팔랑거린다. 세 달이 지난다. 집주인이 돌아오겠다던 시간. 떠날 준비를 해야 하나. 여섯 달이 지난다. 마리는 여전히 감감무소식. 아홉 달이 지난다. 창턱에는 새로 들인 화분 세 개. 이케아에서 산 새 등갓 아래 은은한 불빛. 집은 마리의 집에서 레나의 집이 되어간다. 1년이 지난다. 레나는 커튼을 바꾼다. 2년이 지난다.

올리브색 페인트를 롤러에 묻혀 벽을 새로 칠한다. 3년이 지난다. 거울이 와장창 깨진다. 새로 사온 거울에 레나의 집, 레나의 세계가 비친다. 윤기가 돈다.

이 사람, 집이랑 연애하는 변태 같네. 보는 동안 그런 생각이 들었다. 레나의 시간을 보여주는 내부분의 장면에서 그는 쓸고 닦고 치우고 가꾼다. 처음에는 살림살이를 소중히 여기는 눈길이 레나를 보고 있구나 싶었는데 그것만이 아니다. 이런 에피소드가 있다. 레나에게 호감을 가진 남자가 그를 집까지 바래다준다. 남자는 머뭇거리다가 입을 연다. 네 방에서, 커피 한 잔 마실 수 있을까. 정말 커피 한 잔밖에 마실 수 없는 수줍은 표정이지만 레나는 화들짝 놀라 남자를 버리고 집으로 뛰쳐 들어간다. 바람피우다 들킨 것 같은 얼굴이다. 절대로. 다른 사람을 들일 수는 없어. 벽의 모서리를 쓰다듬는 레나의 손가락이 클로즈업된다. 연인의 귀를 만지작거리는 손길이다. 에로틱한 기운이 조용히 넘친다. 이 에피소드를 지나면 레나가 집 밖으로 나서는 장면은 나오지 않는다. 레나는 방에서 방과 뒹군다. 비가 온다. 천장에 물 얼룩이 생긴다. 레나는 의자를 밟고 올라가 얼룩의 가장자리를 쓸어본다. 눈물을 닦아주는 것처럼. 설거지를 마치고 나무주걱에 기름을 먹인다. 거칠게 튼 살에 정성껏 로션을 바르는 것처럼. 커튼을 걷고 유리창에 이마를 대어본다. 카메라가 밖으로 나가 레나의 그 자세를 보여준다. 유리에 눌린 이마가 타원이 되어 떠 있다. 레나가 몸을 돌린다. 레나의 동그란 살 자국이, 유리에 남는다.

레나가 머무는 사이로, 집주인 마리는 떠돌이가 되어 걷는다. 왁자한 기차를 탄다. 걷는다. 밤 버스를 탄다. 걷는다. 트럭의 짐칸에서 돼지들과 섞여 국경을 넘는다. 걷는다. 도시를, 들판을, 급경사의 언덕을, 해변과 마른 숲을 걷는다. 도시의 남자 노숙자들 사이에서 마리는 홀로 위태롭다. 활기찬 여행자들 틈에 끼어 홀로 꿀 먹은 벙어리다. 촌락을 어슬렁거리는 꾀죄죄한 여자로서 홀로 의심스럽다.

브뤼셀의 아파트를 떠난 마리가 처음 찾은 곳은 아비뇽이다. 마리의 주머니에는 돌이 들어 있다. 돌에는 장소와 날짜

절대로

다른 사람을 들일 수는 없어. 절대로

가 적혀 있다. 로셰 데 돔 공원. 1999년 12월 5일 2시. 추위에 떨며 마리는 벤치에 앉아 기다린다. 기다리고 기다린다. 몇 시간일까. 이틀 밤 사흘 낮일까. 사흘 밤 나흘 낮일까. 입술이 언다. 손가락이 곱는다. 기다리는 사람은 오지 않고, 발치의 돌에 눈길이 닿는다. 주머니의 돌을 꺼내 이 돌과 저 돌을 번갈아 본다. 이 돌을 발치에 놓는다. 저 돌을 주머니에 넣는다. 엉덩이를 무겁게 털고 일어나 역으로 향한다.

약속했던 3개월이 아직 한참 남았기 때문일까. 마리는 브뤼셀로 돌아가는 대신 토리노행 열차에 몸을 싣는다. 정처 없음이 시작된다. 돌을 찾는다. 돌의 자리를 바꾼다. 아비뇽의 돌을 토리노의 돌과 바꾼다. 토리노의 돌을 인스부르크의 돌과, 인스부르크의 돌을 에스테르곰의 돌과 바꾼다. 계절이 지난다. 해가 길어진다. 마리는 체인질링 의식을 중단할 수 없다. 에스테르곰의 돌을 트란실바니아의 돌과 바꾼다. 트란실바니아의 돌을 오데사의 돌과 바꾼다.

왜요. 왜 돌을 바꿔요. 잠시 동행이 된 백발의 집시 여인이 묻는다. 집시 여인은 그림자 상인이다. 바닥에 떨구어진 그림자를 도화지에 옮겨 그린 다음 가위로 오려서 판다. 마리는 자신의 그림자가 드리워져 있던 자리에 스몰렌스크의 돌을 놓는다. 글쎄요. 옴스크의 돌을 집어 들며 입을 연다. 돌은 외로운 거니까. 집시 여인은 마리의 그림자를 오린다. 외로워야 하니까.

마리는 시베리아 횡단열차를 타고 내리고 타고 내리며 동쪽으로 이동한다. 열차의 종점 블라디보스토크에서 속초행 여객선을 탄다. 배에서 내려 양양으로 간다. 양양이다. 양양은 어느 이상한 땅의 이름인가. 마리는 해변을 따라 걷다가 블라디보스토크의 외로운 돌과 양양의 외로운 돌을 바꾼다.

바닷물에 손가락을 담갔다가 혀에 대어본다. 소금 맛이 난다. 관자놀이에 땀이 흐른다. 땀을 닦은 손등도 혀에 대어본다. 다른 소금 맛이 난다.

태평양을 건너고, 대서양을 건너고, 예정되었던 3개월을 훌쩍 넘겨 마리는 5년 만에 집에 돌아온다. 떠날 때

왜요. 왜 돌을 바꿔요

글쎄요. 선을 긋는 건가

별자리처럼?

그래요. 별자리처럼

숨은 선이 있는 거군요

외로우니까. 돌은. 외로워야 하니까

의 그 계절이다. 떠날 때의 그 차림이다. 하지만 돌아온 것이, 맞나. 낯선 집. 이제는 마리의 집이 아닌 레나의 집. 절대로. 다른 사람을 들일 수는 없어. 레나는 다시 한번 그렇게 생각하지만 마리의 손을 움켜잡지 않을 수 없다. 마리가 장화와 장갑과 모자와 외투를 벗고 왜소한 신체로 남는 첫 장면이 반복된다. 마리가 벗어놓은 외투의 주머니에 레나는 손을 넣어본다. 라플란드의 돌이 만져진다. 외로워야 하는 돌이.

-

머묾의 돌. 떠돎의 돌. 영화관을 나오면서 휴대전화 메모장에 이렇게 적었다. 머묾과 떠돎은 레나에게서 마리로, 마리에게서  레나로, 다시 뒤바뀌는 건가. 아니면 돌멩이를 매개로 포개지는 건가.

보는 동안에는 몰랐는데 보고 난 다음에는 착시 현상 같은 것에 붙들리기도 했다. 레나의 시간 속에서 영화를 돌이

켜보면 마리의 여행은 마치 레나의 상상이나 꿈이었던 것만 같다. 길 위의 마리가 겪는 일들에 희미한 판타지가 스며 있는 까닭일 것이다. 레나는 마리의 이야기를 쓰는 동화 작가일지도 모른다.

하지만 마리의 시간에 생각을 기울이다 보면 이번엔 반대로 레나의 일상이 마리의 회상이거나 소망을 담고 있는 것처럼 여겨진다. 여행길에 오르기 전 마리는 레나처럼 살았던 것일지 모른다. 혹은 길 위의 시간을 어서 마치고 돌아가 달콤하고 따뜻하게 방에 붙박이고 싶은 것일지도. 초점을 바꿀 때마다 레나 속의 마리가 보였다가 마리 속의 레나가 보였다가 했다. 어느 틈엔가 나는 에셔의 그림 속으로 들어온 듯한 레나와 마리를 만나고 있었다. 떠돎의 틈에 박힌 머묾의 돌. 혹은 머묾의 구멍 속으로 떨어진 떠돎의 돌.

형식에 대한 고려가 역력한 영화인데 글로 풀어 쓰고 보니 평면적인 나열이 되고 말아 유감이다. 절반의 무성영화라는 것을 먼저 이야기하는 게 나았을지도 모르겠다. 새 소리,

벨 소리, 엔진 소리, 그리고 대화를 나누는 목소리까지 들릴 만한 소리는 다 들리지만 자막으로 처리되는 텍스트의 비중이 절대적으로 크다. 가령 일반적인 극영화에서는 내레이션으로 처리될 법한 독백들. *안 돼. 절대 안 돼.* 이미지나 소리로 살려낼 수 없는 *하수구 냄새. 상한 맥주 냄새. 소금의 맛. 다른 소금의 맛.* 또는 어렴풋한 맥락과 어렴풋한 마음을 담아, *거울을 통해 어렴풋이.* 느슨한 텍스트와 느슨한 이야기와 느슨한 이미지가 각자의 선율을 가지고 흘러간다. 이미지가 이야기에 복종하지도 않고 이미지에 눌려 이야기가 산만하게 흩어지지도 않는다. 텍스트만 따로 모아놓으면 시처럼 읽힐 것도 같고, 스크린 대신 종이에 옮긴다면 그림책으로서도 근사할 것 같다. 무슨무슨 비엔날레에 출품되어 전시 공간의 한 자리를 차지해도 좋을 것이다. 많은 미디어아트 작품들이 그러하듯 스크린 두 개를 설치하여 레나의 시간과 마리의 시간을 동시에 보여줄 수도 있었겠다.

두 개의 스크린에 두 사람의 시간이 동시에 흘러가는 가상의 미디어아트 작품과 한 개의 스크린에 두 사람의 시간이

번갈아 펼쳐지는 이 영화를 머릿속으로 비교해본다. 관객으로서의 나에게는, 한 개의 스크린이면 충분한 것 같다. 만드는 사람이었다면 동시성을 구현할 수 있는 두 개의 스크린이 탐났을지 모르지만 나는 그저 보는 사람이니까. 왼쪽 눈으로 레나의 시간을, 오른쪽 눈으로 마리의 시간을 볼 수는 없으니까. 한 번에 하나씩. 레나의 시간에는 레나만. 마리의 시간에는 마리만. 이미지의 시간에는 이미지만. 텍스트의 시간에는 텍스트만.

무성영화가 아님에도 무성영화의 느낌이 났던 건 그 때문이었을 것이다. 자막에 텍스트로 처리된 것들이 이미지 위에 목소리로 얹혔다면 영화의 리듬은 완전히 달라졌겠지. 무성영화가 다만 기술의 한계에서 비롯된 철 지난 장르가 아니라 고유한 스타일이라는 걸 새삼 깨닫기도 했다. 이미지를 방해하지 않는 말들. 말을 다만 도구로 착취하지 않는 이미지들. 차분하고 공평하게 교차되던 레나의 머묾과 마리의 떠돎이 서로 안는 동시에 안겨 있는 착시를 불러일으켰던 것처럼. 휴대전화의 메모장에 나는 결국 내가 덧붙이고 싶었던 마지막 자막을

머묾의 돌

떠돎의 돌

적었던 것 같다.

-

　하나 더 고백하자면, 이 영화를 본 후 여행 올 살 때마다 마리를 흉내 낸다. 여수의 돌을 시엠립의 톤레사프 호수에 던지고 그 호숫가의 돌을 주워 용산역 앞의 나무 밑에 놓았다. 친구가 준 베를린의 돌을 교토의 한 사원에 두고 교토의 돌을 주워 십리포 앞바다에 던졌다. 양양에 놀러 갔을 때는 마리의 뒷모습을 생각했다. 여기 어딘가에, 마리가 두고 간 블라디보스토크의 돌이 있겠지. 그 돌을 찾고 싶은 마음으로 양양의 해변에서 양양의 돌을 골랐고 양양의 바다에는 서오릉의 돌을 던졌다. 양양의 돌은 다랑쉬굴 앞에 두었고 다랑쉬의 돌은 인버네스의 돌 p.s.8 과 바꿨다. 마리의 여행이 영화 바깥으로 이어지도록, 언제부턴가 나도 완전한 마모의 돌 찾기 대회에 참가하고 있었다.

완전한 마모의 돌 찾기 대회 (La Recherche de la Pierre Entièrement Usée)

2005 | 123분

감독/각본 **라리사 타르코프스카야**

출연 **샤를로트 갱스부르, 마리안 시몽동, 카트린 크레통**

음악 **루크레시아 훌터**

제작 **마모바보**

수입/배급 **무법구름 사무소**

추신

p. s. 1

장승포의

여름밤

2024년 8월 3일. 거제에서 넷이 함께했던 여름밤. 꼬리에 꼬리를 물고 수다를 이어가던 와중에 이 책을 만들자는 이야기가 나왔다. 넷 중 하나가 거제에 살지 않았더라면, 거제에서 통영의 나폴리호텔로 나머지 셋만 이동해야 하는 상황이 아니었더라면, 하나와는 여기서 헤어져야 한다는 아쉬움이 없었더라면, 편의점 테이블에서 함께 보낸 시간은 의외로 짧게 끝났을지 모른다. 그러면 이 글을 쓰는 일도 이 책을 내는 일도 없었겠지.

장승포의 여름밤을 함께한 이제니, 강아솔, 이아립에게 고마움을 전한다. 책 만드는 음악가 이아립은 출간을 제안해주었을 뿐 아니라 원고를 갈무리하고 책으로 묶는 과정의 고민 또한 함께해주었다.

p. s. 2

픽션들

      보르헤스의 소설집에서 이름을 딴 출판사, '픽션들'에서 책을 내게 되어 기쁘다. 존재하지 않는 영화에 대한 소개와 감상을 모은 이 책은 보르헤스의 아이디어를 연장해본 결과물이니, 보르헤스로부터 출발해 보르헤스의 그늘 아래 둥지를 틀게 되었다고 해도 좋겠다.

『픽션들』 서문에서 보르헤스는 방대한 분량의 책을 쓰는 "미친 짓" 대신, 그런 책이 있는 척하고 요약과 논평을 쓰겠노라고 했다. 그 자신 게으르고 재주가 일천하고 현실적인 사람이기 때문이라는 것이다. 작품이라는 우주를 웅장하면서도 치밀하게 구축하는 데에는 글쓰기의 재능뿐 아니라 길고 고된 작업을 감당하는 우직한 근성 또한 요구되니 괜한 겸손만은 아니었을 것이다.

창작자들이 흔히 하는 말이 있다. 내가 읽고 싶은 글을 아무도 써주지 않아서 직접 쓴다고. 내가 보고 싶은 영화를 아무도 만들어주지 않아서 직접 만든다고. 영화 제작 현장에 있어본 적 없는 나로서는, 내가 보고 싶은 영화를 직접 만들 엄두를 내지 못하므로 그런 영화가 이미 있는 척하고 감상을 적어보기로 했다.

추신

p. s. 3

더

멀리

영화에 대해서만 가상의 작품을 상상해본 건 아니다. 책을 읽고 나서도 전시회에 다녀오고 나서도 버릇처럼 내가 읽고 본 것과는 다른 버전을 그려보곤 한다. '있게 된 것'이, '있었을 수도 있는 것'을 일깨우고, '있었을 수도 있지만 없는 것'의 결핍을 깨닫게 만든다고 할까. 하나의 작품이 세상에 나올 때마다 그로 인해 실현되지 못한 잠재적 작품의 유령이 무수히 함께 태어나는 건지도 모른다.
막연히 동거하던 이 유령들을 불러내게 된 것은 독립문예지 『더 멀리』의 덕이다.
『더 멀리』는 시인 강성은, 김현, 박시하, 세 사람이 제도권 출판과는 다른 자리의 문학을 실험해보고자 만든 격월간 잡지로 2015년 2월에서 2017년 2월까지 총 12호가 나왔다. 당시 나는 영화에 대한 글을 써 달라는 제안을 받았는데, 안 그래도 영세한 문학판 안에서 다시 '인디'를 추구한다면 어떤 방식이 좋을까를 궁리하다가 영화 쪽의 몇몇 유령들에 텍스트의 옷을 입혀보자는 생각을 하게 되었다.

그 와중에 첫번째로 떠올린 영화가 〈인버네스 엘레지〉다. 당시 개봉 중이던 저스틴 커젤의 〈맥베스〉를 보고 나서였다. 이 맥베스도 좋았지만, 다르게 연출된 마녀 장면을 보고 싶었고, 다른 모양의 인버네스성을 보고 싶었고, 그러다가 공상이 제멋대로 뻗어나가 감독을 고용하고 배우를 캐스팅하고…… 본문에서 저스틴 커젤의 버전을 상영작 목록에서 생략한 건, 이 영화 대신 〈인버네스 엘레지〉가 있는 일종의 평행우주를 상상한 까닭이다.

이 책에 소개한 영화들 중 〈하하하하하〉를 제외한 네 편에 대한 글은 그때에 초고를 썼다.『더 멀리』12호의 종간 알림글에는 이런 문구가 적혀 있다. "너무 멀리 가지 마시고 더 멀리 가 있어주세요."『더 멀리』를 통해 내가 머무는 자리에서 '더 멀리' 가볼 기회를 얻었다.

p. s. 4

구멍

카프카의 『구멍』과 함께 떠오르는 이상한 구멍이 또 있다. 차이밍량의 〈구멍〉이다.

억수 같은 비가 밤낮없이 퍼붓는 아열대의 도시. 남자와 여자가 같은 건물 위아래층에 산다. 두 방 사이에는 구멍이 하나 나 있다. 위층 남자는 방바닥에 난 구멍으로 팔을 넣어본다. 아래층 여자의 방 천장에서 남자의 팔이 흔들린다. 남자의 어깨에 붙어 있는데도, 그 팔은 마치 이계에서 삐져나온 사물처럼 보인다.

도미의 다리와 함께 떠오른 건 이 남자, 이강생의 팔이기도 하다. 『소송』의 변호사 대기실에 뚫린 구멍과 이 영화의 구멍은 연관이 있을까. 차이밍량은 카프카의 묘사에서 영감을 얻었을지 모른다. 아니면 카프카의 묘사가 영화에 대한 나의 잔상에 덧칠을 한 것일 수도 있다. 영화에 대한 내 기억은 정확한가. 모르겠다. 확인해보지는 않을 것이다. 위아래를 통하게 하는 대신 까마득히 먼 차원으로 이동시키는 듯한 구멍. 구멍의 원형처럼 머릿속에 각인된 이미지를 훼손하고 싶지 않아서다.

p. s. 5

한일쟉크

지퍼가 아닌 쟉크. 자꾸 소리내보고 싶게 만드는 쟉크. '작'이 아니라 '쟉'이 되도록 혀뿌리 쪽부터 혀끝까지 입천장에 고르게 대고 이중모음 'ㅑ'를 공들여 발음하게 만드는 쟉크. 조은쟉크, 삼도쟉크, 새한쟉크, 영광쟉크, 남아 있는 쟉크를 검색해보다가 본 적 없는 프랑스 사람 Jacques도 떠올리게 하는 쟉크. 맞다, Jacques Lacan이라는 유명한 철학자가 있지, 그렇다면 '라깡쟉크'라는 가게는 어떤가…… 하는 실없는 생각에 닿게도 만드는 한일쟉크의 사라짐. 사라지기 전에 사진을 찍어두어서 다행이다.

p. s. 6

유시은

2005년에 출시된 〈여고괴담 두번째 이야기: 메멘토 모리〉 DVD 박스 세트에는 영화의 주요 수재인 교환일기 책자가 부록으로 포함되어 있는데, 그중 한 페이지에는 이런 구절이 적혀 있다.
"열심히 뛴 후엔 이빨이 빠질 것 같은 기분 모르지? 오늘은 할머니가 된 기분이다."
육상부 선수인 유시은의 메모다. 그 기분은 어쩐지 시은을 연기한 배우, 열여덟 살 이영진의 얼굴과 닮은 듯한 기분. 그리고 시에 가까운 듯한 기분. 저 메모를 실제로 쓴 사람이 누구든 시은이 시인이 되면 좋겠다고 생각했다.
'여고괴담' 시리즈에 학생으로 나온 배우들 중 10년이나 20년쯤 후 교사로 돌아올 법한 얼굴이라면…… 이영진보다는 최강희, 공효진, 김규리, 김옥빈, 송지효가 더 잘 어울릴지도 모르겠다. 그래도 열심히 뛴 후에 "이빨이 빠질 것 같은 기분"에 사로잡힌 유시은/이영진이 '쌤'으로서 다시 〈여고괴담〉에 나와주었으면 했다.

p. s. 7

완전한

마모의

돌 찾기

대회

동그랗고 매끈한 돌들이 가득 펼쳐진 해변에서 이 제목을 얻었다. 처음엔 모양과 크기와 색깔이 알맞은 돌을 주워 가려고 했을 따름인데 이내 보이지 않는 다른 돌을 향해 생각이 뻗어나갔다. 마모되어가는 이 돌들 사이에, 마모를 끝낸 돌이 있지 않을까. 마모의 끝에 완전해지는 돌, 나무랄 데 없는 돌로서의 돌, 완전한 마모의 돌을 찾으려면 어떤 눈을 떠야 할까. 어디로 향해야 할까.

그때 쓴 시를 여기에 옮겨본다. 시로서 못다 한 말이 영화적 장면으로 흘러갔을 것이다.

그때 해변에서는

완전한 마모의 돌 찾기 대회가 열리고 있었습니다

나는 가방을 메고 있었습니다

만국기가 날리는 하늘은 무거웠습니다

삭삭기 셰몰애 별혜 삭삭기 셰몰애 별혜

인민의 딸이 인민의 높은 딸이 손나팔을 만들어 신호를 보내며

옷자락을 펄럭였습니다

파도가 부서졌습니다 나는 처음이었습니다

등 번호는 없었고 가방만 있었고

뜨겁다 뜨겁구나 틈이란 틈을

샅샅이 더듬는 긴 여정을 시작할 수밖에 없었습니다

모래와 물 사이

물과 묽음 사이

묽음과 소금 사이

목이 말랐습니다 녹는 점과

끓는 점 사이 죄와 벌 사이

비누로 손을 씻고 싶었습니다 완전한 마모의 비누와

침전과 잔존과

진도와 제주도 사이

시계와 시간 사이

반칙이었을까 나는 수명이 길었고 떠오름과

떠올림 사이

야쿠르트 아줌마와 아모레 아줌마와

을지로의 쇠냄새

퇴계로의 개냄새

식은땀을 흘리며 실격의 위기를 겪었습니다

불완전한 마모의 돌을

움켜쥐고 싶었습니다 힘껏 또 힘껏

6인 병실의 밤을 지배하는

숨소리의 복잡한 오르막과 내리막 사이

박자가 다른 좌심실과 우심실 사이

숨 쉬는 것을 잊은 콧구멍과 밥 넘기는 것을 잊은 목구멍 사이

구멍은 참 많았습니다

지우개지옥과 개미지옥 사이

타 죽은 지렁이를

일개미들이 움직이고 있었습니다 움직임과

움직이는 구름 사이

가방은 가벼웠습니다

맹장과 십이지장 사이

성령과 망령 사이

여름이 가고 있습니다 두 번 세 번 우두둑
깨물어 먹는 얼음의 여름과
강의 얼음이 깨지는 겨울의 끝 사이

참과 거짓 사이

한계와 경계 사이

다녀오겠습니다

그때 나는

다녀오겠습니다 완전한 마모의 돌 찾기 대회가

미련을 버릴 수가 없었습니다

—「완전한 마모의 돌 찾기 대회」 전문, 『무족영원』
(문학과지성사, 2019)

p. s. 8

인버네스의

돌

스코틀랜드 북쪽의 작은 도시, 인버네스에서 마지막 후기를 쓴다. 이 책에 나온 다섯 편의 영화 중 가장 먼저 구상한 것이 〈인버네스 엘레지〉였는데, 뜻밖에 인버네스에서 매듭 또한 짓게 되었다.
이왕 왔으니 「맥베스」의 배경인 인버네스성에서 돌을 바꾸면 좋았겠지만 공사 중이라 출입 금지. 발길을 돌려야 하는 것이 크게 아쉽지는 않았다. 유적 답사를 온 것도 아니고, 실은 맥베스의 성으로 설정된 장소가 실제의 인버네스성이라 하기도 어렵다(맥베스는 극중 글래미스의 영주인데 글래미스에서 인버네스까지의 거리는 약 43킬로미터다. 마녀들의 간교한 예언에 나오는 버남―"버남의 큰 숲이 던시네인 언덕을 향해 다가오기 전까지 맥베스는 무적이다"―은 인버네스에서 160킬로미터 떨어져 있다. 견적이 안 나오는 거리다).
지금은 그저 '인버네스'라는 이름을 가진 땅에 발을 딛고 있는 것으로 족하다. 게일어로 인버네스는 'Inbhir Nis'라 적는다. '네스호 어귀'라는 뜻이다. 네스호에는 전설의 괴물 네시가 살고 네스호가 북해로 흘러가는 물목엔 소도시 인버네스가 있으며 나의 가방엔 낮에 챙긴 인버네스의 돌이 있다.

인버네스성에 들어갈 수 없다면 어디서 돌을 바꿀까. 지도를 살펴보다가 교회 부속묘지에 갔다. 제주의 다랑쉬굴 앞에서 챙겨 온 돌이라면 여기가 좋겠다. 묘지를 둘러보며 묘비에 쓰인 이름들을 읽어보았다. 맥퍼슨, 맥레넌, 맥레오, 맥켄지, 맥킨토시, 맥도널드…… 19세기와 20세기를 살았던 '인버네스 맥氏'들 사이에서 이끼 낀 흙색 돌을 줍고 그 자리에 다랑쉬의 돌을 두었다.

자, 인버네스의 돌은 이제 어디로 갈까. 이 돌을 품은 새로운 영화의, 본 적 없는 장면을 그려본다.